흰 글씨로 쓰는 것

흰 글씨로 쓰는 것

김준현 시집

민음의 시 232

민음사

빙하학자의 눈은 흰 것에
씐 것이다.

김준현

차례

3부 흰 옷을 입은 사람들

4부 희생양의 젖을 물고

1부

육면체

순례자

오늘도 돛과 닻의 모음이 운동하고 있다

고래가 울 때, 휴지의 성격이 변하는 변성기를 맞아서
몇 백 년 전에 죽은 별들의 흔들림을 따라서

십 대에는 편했던 침묵을 괄호 속에 다 집어넣자
비좁은 괄호가 자꾸만 벌어지고
햄릿의 대사와 나의 대사가 다르지 않은 것처럼
발가락이 있지만 발가락이 보이지 않는
양말 속처럼

지시문을 따라 행동하고
표현하면
생각할 수 있다

태평양을 향해 구겨지는 이불보다 구겨진 어제를
집보다 창문이 많은 책들을
책의 지층을 더듬으면
내가 읽은 부분까지 나를 읽은 흔적들이 손목에 남아

있다
　짧은 연대기 속에서

　못 박힌 감정이
　못의 감정이 되어 가는 순간들

　고래의 숨소리가 흰색이라면 왜 사람의 숨소리는 보이지
않는지

　흰 밥은 아무리 식어도 결백한 것인지
　흰 것들에 대한 이해와
　휴지로 타고난 색깔과 휴지로 덮은 것들의 색깔이 다
를 때

　고래의 시력은 저녁마다 떨어지는 해와 다르지 않은데

　바다라도 붉은 것은 붉은 것
　그렇게 죽기 직전까지 죽어 가는 것을 생각할 때
　사느냐, 죽느냐는

간단한 객관식 문제였다

내 머리는 언제나
바람 쪽으로 기울었다

타자

*

차가운 공기 속에서
이소라가 부르는 노래 속에서
낯가림이 심한 여백에서

나와 다르지 않은 얼굴로 시를 썼다

시와 열 손가락은 피붙이처럼 갈등하고 있는데

쓰는 것은 치는 것이다

*

풍선 미만의 호흡으로도 공중에 떠오를 수 있을까
발버둥을 연기하는 사람처럼
오래 젖은 눈일수록 내 감정과 다른 감정

사람들은 그렇게 손을 모으고 기도했는데
아멘 모양의 입술 움직임을
따라 한 적이 있는데

햇빛이 역광으로 비칠 때, 가장 어두운 모습으로
가장 어두워진 내가 입었던
후광을 입었다

무언가를 쓸 수 있는 시점을 가졌다

유리 복습

1

풍경이 뒤집힌 화투와 눈동자의 개수를 헤아리려요 핏자국과 중국어가 옮은 벽과 피부를 맞대 본 적 있나요? 벽에 벗겨진 각질들과 채 자라지 못한 글씨들이 꿈틀거리고 오늘도 불빛을 굶었고

2

알고 있죠, 당신은
불빛이
창문만 통과하는 편애에 대해서
알라 쪽으로
절하는 방향에 대해서
긴 머리카락을 발견한 날
날것의 냄새에 대해서
그림자에 대해서

3

하얗다는 게 얼마나 잘 은폐되는 건지 죽은 새들과 휴지처럼 흔적을 지우고 흔적이 되는 순서 같은 거라면 당

신의 뒷면은 얼마나 붉을까요 자꾸만 입김이 옮는 유리를 몇 번이고 닦았어요 반대편은 좀 더 흐릿해지고 당신은 어느 쪽으로도 오지 않는 생일 그 밤 몽골인 청년과 대만인 아저씨가 한국인에게 한국인은 벌레라고 말하고 한국인은 나에게 벌레 같은 웃음이에요 우리는 킬킬 웃었고 함께 비를 기다렸어요 함께 공원을 걸었어요 5시를 위해 희미해진 가로등과 종일 빗소리만 두드리는 키보드와 노래방에 들어가면 관악기처럼 입 벌리는 허기를 달래기 위해 젖기 위해 아침이 와도 흐린 날이라면 우리는 몇 시간이고 연장될 수 있는 시간이었죠

그날은 매춘(賣春)이라는 말을 듣고 봄과 몸을 헷갈렸던 거예요 이미 끝난 것들 주검이 된 화투와 사람들과 몇 개의 국적들 저는 봄을 살해했는데 그렇다면 봄의 국적은 겨울일까요 당신은 나를 외면하고도 내면을 붉은색으로 칠한 밤까지 기다렸나요?

시간여행자

── 수화

나는 취미 삼아 휘파람을 기르고 있어요

그러나 예각을 이해한다는 건 연필을 깎는다는 거, 흑심
이 드러나고
좀 더 머무를 수는 없나요, 아직 장미가 될 자격이 필요
한데

사람들이 얘기합니다
사람들의 눈빛과
사람들이 입을 벌릴 때마다 드러나는 빨강과 검정
웃음과 이빨의 관계에 대해 아시나요?

그렇다면 꽃봉오리는 영영 입술의 잠복기예요

칼끝은 때로 손가락 끝을 스쳐 입을 벌리게 만드는데
그게 끝에서 끝으로 다가가 본 경험이었죠
새어 나가는 것들은 참 조용하답니다

그게 신기해서 당신은 몇 번이나 선을 그었는지

나도 당신을 흉내 냈는데, 알아요?

편지란 편지는 찢어도 비명조차 나지 않고

묵언도 수행이라면 우리는 태생부터 바람이었을까요, 몇
가지 손짓과
눈빛으로 허공이 따뜻해질 때
고개를 뒤틀다가 꽃이 피었고
침대 시트를 물들이는 노을 맨몸을 드러낸 시신들이
물 밖으로 걸어 나오는 시간

이건 꿈에 대한 음모
흰 천으로 덮어 놓은 풍경들

연등이 떠다녀요
강가에서 몸을 씻는 사람들과 시체들 사이로 흐르는
휘파람의 국적은 어디인가요?

내가

끝까지 벗겨진 꽃이라면 당신의 숨소리와 여백에 임할
거예요

세례식

1

사막에서 가장 성스러운 단어는 새입니다
어머니는 커튼을 쳐 버렸습니다, 창문의 성격이 변하니
무릎과 현악기의 차이는 줄의 개수뿐입니다
단지 주름에 대해 알고 싶었어요, 어머니

펜은 쓸수록 악기가 되었으니까요 춤을 추고 싶다면
더 어두운 것들을 써야 하나요?

저는 몇 번 실패했어요
이 종이는 이제 뼈를 기르는 계란처럼
쓸모가 없으니 쓸모없는 믿음에 대해 이야기할까요

2

신앙이란 바늘과 개구리가 하나가 되는 거

아버지가 둘이라는 믿음과
내 손으로 내 손을 잡는 짓입니다
고요에 대한 거라면

아버지의 수에 따라 변하는 어둠의 성격을 알기 위해

소리 내어
촛불을 살해하는 풍습과
고양이만 그리는 전염병과
고요와 어둠의 교배로 태어난 담뱃불의 힘에 대해서

새 한 마리가 날아옵니다

어제 연락을 들었습니다.
당신의 얼굴을 덮은 천이 하얗다는 사실이 이상해요
왜 아무 글도 적혀 있지 않은 걸까요?

3
웃음과 죽음의 끝은 같은 거라고, 당신의 귀에 속삭이거나
눈꺼풀 위에 500원짜리 동전을 올려 두는
옛 로마의 풍습이라면
좋을 텐데, 눈이 짐승과 같으니

나의 눈동자는 깨지기 직전입니다.
상처에도 급이 있다면
이건 내가 가장 먼저 시로 쓸 수 있는 거였고
어떤 말이라도
빨강과 파랑의 온도는 같다는 거, 화장을 한
입술이 찬데
종이처럼 창백한 얼굴에 어울리는 춤이란
바람이니
바람과 함께 미쳤으니 허공을 믿었습니다

함께
머리에 치사량의 물을 줄까요?
오래 기른 것들과

머리를 짧게 잘라야 해요

카를교의 여행자

교회 벽에 사람의 귀 몇 개를 그리고 가자

대문이 비밀번호만 느끼는 것처럼
하늘에는 치사량의 비둘기 떼가 어느 날을 기다리고 있다
나는 이미 물을 마신 물병처럼 가득한데

피를 탈색하면 물이 될까

내가 쓰는 시와 무시의 차이는 물병의 갈증 같은 것이다

이 생각
저 생각에 젖어도 몸이 축축하지 않은 것처럼
엄마의 글씨체는 건조하고
때가 가득 묻은 성모 마리아의 엄지발가락처럼, 찬밥처럼
금방 식는 나

맞춤법이 무너진 다리 위에서
맞춤법이 무너진 몸으로

노숙자는 뒤집힌 모자에게 긴 절을 하고 있다, 듣는 일이란
  가장 가벼운 것을 기다리는 일
  비를 기다리는 일, 혹은 빗소리가 세계의 맥박이 뛰는 일인 것처럼
  멎지 않기를 기다리는 일, 그렇다면 신이여

  왜 인간의 시선은 항상 예각의 형식인가요?

  한국말로 물어보았다
  상처는 왜 입어야 하는 것일까요, 이렇게 젖은 옷이라도 입어야 하는 것처럼

  종이 속이라도
  출혈이 멎지 않으면 그림이 될 수 없는 건가요?

앉을 곳

나와 활자들은 종이의 흉터입니다 종이의 뒷면이 얼굴이라면 내가 사는 집 벽 모든 얼룩의 전생은 벌레라고 믿습니까?

믿습니다 날갯짓을 멈추기를 앉은 곳이 무덤이기를 생각하면 나는 너무 오래 앉아 있는 걸까요? 함께 무덤을 나눠 가지는

벽과 손바닥은 산산조각이 난 전생을 드러내고 금이 깊을수록 오래 산다는 점쟁이의 말과 믿음의 차이는 무엇일까요? 이를테면 모기의 흔적이 모기보다 오래 남아 있는 거, 나는 팔뚝에서 몇 개의 가려운 사랑을 발견하고

나는 참을 수 없는 것과 참이 되는 것을 참으로 믿어요

모기는 태어나 울지 않아도 날갯짓 소리가 더 크다는 거, 일종의 기도입니다 두 손을 맞춰 보면 그 안에 죽음이 들어갈 자리쯤은 있을 테니

같은 규격의 페이지들이 종교가 되거나 배달 음식 전단지가 되거나 한 사람의 시집이 된다는 거, 그 안에서 몇 번의 죽음을 전생으로 둔 활자들이 살아 있는 척하고 있는지

쓴 것과 쓰는 것

양말의 전부는 양말이 뒤집힐 자유 발톱에서 발톱의 색을 벗기면 속이 다 보이는 사람처럼 벗기고 싶은 마음과 벗은 마음의 모양이 다르다 한 사람의 발에서 함께 자란 발톱의 길이가 다 다르다

집을 나간 개의 이름이 개의 목에 걸려 있는 자유
집을 나가고 싶은 자유와 집에 들어갈 수 있는 자유와
집이 될 자유가 다르고

집에 들어서서 콜라의 뚜껑을 비트는 숨소리가 남아 있는 콜라와 같을 때 콜라의 호흡은 언제나 죽음 직전의 것처럼 간신히 유지되고 엄마가 안 보이고

저 방에 있을까 물음표가 물어보는 것들은 묻기 전부터 있었고 환청이 소리를 낳는 소리라면 엄마의 침묵과 나의 침묵이 다르고

고구마는 어두운 곳에 두어야 한다는 엄마의 말이
남아 있는 건 고구마가 자랐기 때문이고

고구마의 몸을 뚫고 자란 싹들이
고구마를 더 살게 한다면

나는 어두운 곳에 있어야 했다 나는 고구마와 다르고
생선과 달라서 생선이 상하면 생선의 냄새가 나고 기분이
상하면 기분의 냄새가 나는 것처럼 집보다 집이라는 말이
더 가까운 지면에서 나는 입을 벌리고 같은 말을 쓰고 또
쓴다 같은 말들이 다 달라지고 있다

정신과 기록과 몸
— 쿠마리 서사

1

노을이 지칠 때까지 노을을 봤지
충혈이란 피가 피로 드러나려는 감정일까, 모든 감정은
두 마리의 것이다 같은 말을 두 번씩 했어
휴지는 희다는 정의를 지우는 휴지
얼룩은 안에서부터 자랐지

2

장미의 옷을 다 벗기면 장미는 사라졌어 정신과 환자들
을 연결하는 하나의 증상은 빨강이니 그들은 지퍼와 이빨
의 간격을 거칠게 벌리고 혀를 밀어 넣지 아, 개와 새끼가
함께 입 속에 있는데 개보다 새끼를 좀 더 강하게 키워야
지 개보다 개의 소리를 더 믿는다면 바늘과 혈관의 관계를
저녁이라 부르자

높이를 상상할 수 없어서 나는 계단이 될 것이니 수많
은 허리와 비굴을 꺾고 꺾은 하녀들과 하녀들의 발소리가
낮은 천성과 우울의 노래가 바람이 될 때까지 바람을 배워
가고 하녀들의 눈초리가 예각이 되어 갈 때 나는 새로 태

어나 새였던 감정을 기억해

　말라비틀어진 치약을 주무르는 손의 감정과 나의 감정과
　바람과 감정이 연결되는 방식과
　바늘의 귀를 통과하는 바람도 소리라고 부르는 감정과
　비가 내리면 타악기가 되는 세계까지

　순교란 ㄹ의 자세로 죽는 거, 계단의 자세 같은 거
　입 속에 갇힌 믿음처럼
　사람들과
　사람들의 눈썹처럼 꽂힌 칼날처럼
　미친 사람은 볼 수 있는 게 더 많다고 하니
　눈을 뜨고

　눈동자를 알이라고 부르자 꼬리가 자랐어 입술과 입술
이 밑과 밑이 뜨거울 때까지 부딪힌 사람과 사람이 사라지
고 나는 왜 부딪혀도 깨지지 않을까? 접시 몇 장을 떨어뜨
렸어 날카로운 몸이 되기 위해 나는 몇 층의 높이와 자세
를 연습해야 할까

조감도

1

새는 미치는 순간부터 높이를 배웁니다
세상은 작아집니다

그중에서
눈썹은 가장 예민한 숲입니다
바람과 바람이 교배하는 날들이면 어머니의 방문을
두드렸는데

일요일의 적십자는 왜 어둠과 친한 걸까요?

저 십자가들을 상처라고 합시다
나는 상처를 핥아 본 적이 있습니다
친구가 없는 사람에게는 종교를 가진 사람이 다가오고
나는 그 종교를 믿었습니다

2

수많은 눈동자들이 달과 연결되어 있어요
나와 달이 가까워지기 위해

당신의 시점이 필요하고

당신의
눈동자부터 그리는 습관도 여전하지요
당신을 바라보는 눈빛에서
그림이 시작되어도
그림보다
당신의 저녁 반찬이 더 궁금하다면
당신의 기도보다

나는 더 이상 손을 모으는 법을 모릅니다
새처럼

더 높이 오르면
이 세상을 저 세상이라고 불러야 할까요?

이 페이지는 당신이 버린 날개입니다

이 시는 육면체로 이루어져 있다

육

나는 싫어와 실어를 함께 앓았지 머리카락 속의 육, 육,
육을 고기, 고기, 고기로 읽고 싶은 날을 참고 나를 참으며
백팔 배를 해야 해 뱀이 빠져나간 뱀 허물의 수만큼, 평생
을 벗을 무엇을

써 나갔던 것들을 양면지의 두 얼굴을 맞대는 면회라면
뚫린 구멍들의 숨소리를 듣겠지 그러나 나는 또 나도 모르
게 한 시가 되었다

또 시를 썼니?
나의 시어들, 나의 싫어는 나의 실언은 언제나 나의 실
어들
볼일을 보는 개처럼 말야
볼일도 안 보려는 사람들의 얼굴을 말야

그러나 백지장도 맞들면 낫다는
수십 마리의 귀신들은 어찌나 창백한지 몰라
전부 리을로 만들어 버리고 싶어, 무릎 꿇은 수많은 리

을들을
　가진 이름을 갖고 싶어

면
　내가 다다를 수 있는 건 15층까지인 세계에서
　티베트의 고승이 타고난 삶의 높이는 가만히 앉아서 숨
을 헐떡거리는 것
　닭의 목청으로 종일 운다면
　닭의 정신을 가질 수 있다는 것

　티셔츠의 목구멍으로 머리를 집어넣으며
　새벽닭처럼 꼬끼오 하고 울면 벽이 울거나 전화가 울거나
　희미한 미친놈 소리가 들렸다
　우는 것과 듣는 것의 사이가 가까워지는 날들이면
　나는 얼굴을 기대했다
　나의 얼굴과는 다른 얼굴을

체
　저격은 렌즈 속의 십자가를 들여다보는 힘

십자가를 얹은 눈동자의 힘

악필은 나만 알아볼 수 있는 죄일까?
누구도 알아볼 수 없는 시를 휘갈겨 적으면
제가 바람인 줄 알지도 모를
화자들이 태어나고 가끔 시 속에서 죽었다

홀몸일 수도 있고
홀몸이 아닐 수 있는 몸은
언제나 하나뿐

만삭의 풍선은 죽을힘을 다한 호흡으로 부풀고
죽기 직전에 묶였다
그게 산모를 다루는 의사의 차가운 면이니
귀신의 차가운 면이니

이제 이 종이를 뒤집어 쓸 것이다 누명을 뒤집어쓰듯이
소화기는 세상에서 가장 차가운 빨강이라는
흰소리의 색은 흰색일까

나는 불의 색으로 하늘을 빨갛게 칠한 적이 있다
소화기가 있어 소화기와 같은 낯으로
버려진 내가 있어

매일매일 이목구비가 뚜렷한 알약을 먹어야 했다

깃펜

흰 장미는 흰 몸으로 거듭 태어난 흔적을 안고 있다

몇 번째로 감는 붕대일까, 조류는 육류와 달리 흰 살을
가졌으니
나는 또 한 그릇의 찬밥을 만들고

비가 내리는 두 시와
한 시 속, 비가 내리는 장면이
너무 멀어

장맛비의 중략이 길어질수록 자주 손바닥을 펴 보았지

우산은 어느 쪽이 물구나무서기일까
나는 머리 눕는 방향을 자주 바꾸었어, 달라지는 게 있
기를
비가 내리지 않는 시를 쓰자

*

깃털 속에 잉크를 채우면 날개의 기억이 날까

사춘기라면
거미줄을 떨게 만드는 것도 나비의 날개라고
얼마나 몸부림쳤는지

이 방의 모든 의자는 무릎 통증을 앓고 있다, 한때는
내가 이 방의 가구로 살았다고
쓴 일기가 있다 일기장은 숨을 쉴 수 있을 만큼 부풀고
캄캄해지는 중이니

빛이 오는 방향은
언제나 얼굴을 갈라놓았다, 시드는 장미가
한 겹씩 벗겨지는 얼굴이 될 때는

거울 속이 조금 더 안전해 보였다

오목(五目)

흰 돌

흰 양말을 신고 있으면 바닥의 힘을 알게 돼

개미가 많은 자취방에서 개미보다 많은 말줄임표를 적

으며

옆집의 숨소리가 들릴 때까지 내 숨소리를 죽였다

그렇게 시간을 죽이자

모든 책은 글씨가 더럽힌 시간

순교는 흰 것이 아닌 모든 것이므로

나는 아무것도 쓰지 않았다

검은 돌

바둑돌은 한 번씩만 존재했다

어두운 것들을 가두려는 마음과

마음을 가두려는 어둠

갈래와 성격과 주제와 특징을 적어 놓은 시와

종이와 어두운 감정의 교배로 태어난 시는

큰 세대 차를 극복하고

여전히 입고 있는 교복과 같다 교복마다 다른 이름처럼

다른 돌들은 하나씩

흰 돌들이 남겨 놓은 구멍이 되고 있다
구멍이 되고 싶다

흰 돌
글씨체를 알아볼 수 없는 체위로 썼다
나는 내가 여백인지 글씨인지도 모르고 사랑을 나눴다
돌도 씹어 먹을 나이니까
웃음을 참을 때 이빨이 물고 있는 것과
울음을 참을 때 이빨이 물고 있는 것이
같았다
내가 참은 모든 것들이
이빨의 간격에서 버티고 있는 것들이다

검은 돌
펜의 체력이 줄어들고 있다

흰 돌
사진을 찍히면 영혼을 빼앗긴다는 조선인들의 생각처럼
아름다운 오해는 없었을 것이다

검은 돌

총구에서 입김이 나오는 온도, 나는 몇 번을 죽었는지

레옹과 마틸다의 화분에서 기어 나와

화분을 넘어선 혈관들이 의자와 책상의 발목을 감기 시작했다

의자의 모든 근육은 등받이에 있다

우리의 샤프펜슬은 무기로 쓸 만큼 날카롭고

갈수록 체중이 무거워지는 글씨들로

완성된

지도 한 장을 흑백사진처럼 품에 간직한 채

그분을 기다렸다 그분이 오지 않으면

그분을 죽이러 가야 했다

흰 돌

책에서 자는 게 편한 날들이다

2부

둘

둘의 언어

쌍둥이자리는 너의 자리이며 나의 자리

낯을 가리자 낯이 가려졌다
낮에는 희미해지는 밤의 자리로
쌍둥이자리에 위도 없고 아래도 없는 쌍둥이

누군가의 자식들
어쩌면 누군가가 잃어버려서
누군가가 이어 놓은
누군가의 자식들

떨어져 있어 본 적이 없어 떨어질 수도 없다
이 지구 위로
하나뿐인 자리들을 가지고 살 수도 없다

어둡고 높고 여린 빛의 감정이
조금씩 흔들리는 걸 보았다 그대로 가는 걸 본다
아침까지의 감정이
사라지고 있다 살아지기도 하는 사람들처럼

사람들이 걷고
시계가 여전히 움직이는 게 보이고
여섯 시를 기다렸던 알람이
여섯 시를 지나치고도 울고 있는 감정이
여섯 시보다 더 아름다운 악몽

어제의 내가 오늘의 나를 흔드는 사랑이지
쌍둥이가 두둥실 떠 있는 자리, 너였던 나의 잠자리

안경이 뿌연 세계는 나의 뿌연 세계다
안경이 흐린 세계는 나의 흐린 세계다

사랑을 나누다가
사랑을 했는데

너는 원래 흐린 얼굴

어둠이 조금 다른 어둠을 밀어내는 비구름

나를 무릅쓰는 비구름, 오래 참고 있는 비구름
비와 구름이 쌍둥이처럼 붙어 있는 비구름
비보다 먼저 태어난 구름이 비의 뒤에 있는 비구름

나는 먼저 머리를 내밀었지, 저 세상에서 이 세상으로
나올 때의 마음을 나누자
머리칼을 넘기는 바람과 빛이 되었지

0.5

*

개인적으로 아는 사이처럼
우리는 이태리와 이탤릭체의 관계를 가졌다

자연스럽게 몸을 생각했지만
몸을 감각하지 않는 시는 뒤에서부터 지워 나갔다

그림자를 면도하는 기분으로

전생에 윤동주였던 글자들이 가위에 눌리고 있는
수많은 논문을

글자가 수용소의 유대인처럼 늘어선 세계에서
우리는 개인적으로 아는 사이인가
윤동주는 겨우 스물여섯에 죽었고 나는 겨우 서른이고
우리는 겨우 살아 있는데

흑백사진 속은 어디든 저세상처럼 보이는데
그러나 우리는 겨우

말할 수 있다, 사라질 것들을 말할 수 있는
입이 있다

＊

입이 있다고 쓸 수 있는 손이 보였다

둘의 음악

두 갈래로 나뉜 이어폰이
귀와 귀로 이어져 있다

귀와 귀가
어긋나는 젓가락처럼 어긋나는 가락처럼
다른 귀와 닮은 귀

속으로 향하고
속으로 들려서

속으로 이어지는 두 가지 감정을
하나의 감정으로
믿고 사랑하다가 죽겠다고 말하는 단 하나의 감정으로

이어진 별자리처럼
쌍둥이자리에서 손잡고 있는 두 아이의 시체를
이어 주는 상상력으로

믿고 사랑하다가 죽은 사람들에게 속으로 빌었다

창문이 사색이 될 때까지
부딪히는 새가 사라지는 새가 될 때까지
사랑하라는 것을
이어지리란 것을

시인의 손가락으로 누르는 두 귀와
시인의 손가락으로 누르는 두 글자

사랑, 나는 이 두 글자를 막자고
들었다

이 두 글자에 매달린 음악을 막으려고

비를 피라고 썼다 피를 미라고 썼다
아름다움으로 아름다움을 덮으려고 썼다

살아가는 것과
살아 있는 것과
살아 내는 것을

살아가는 자들은 가고
살아 있는 자들은 있는 세계

모든 새들의 안락사로 우는 시
모든 시들의 안락사로 우는 새

영영
영영

함께 있을 모든 말들을
두 귀로 들을 수 있다 두 귀만으로 듣는 말들을

맑은 날

맑은 날
누구보다 맑은 날
올챙이의 심장이 개구리의 심장보다 맑은 날
빗소리가 하얗게 변한 날
모든 소들이 뼈를 말리는 날
주머니 속에서 보름달로 변한 반달을 만지는 날
누구보다 많이 울었던 그 어느 날보다 맑은 날
잠옷은 사람의 자세로 자고
비옷은 사람의 자세로 젖는 날
승천이란 내가 쓴 모든 시가 문맹이 될 때까지 태우는
일이니
검은 연기가 되거나 검은 길이 되는 날
어두운 게 많아서 더 맑은 날
제자리의 바둑돌보다 지친 검은자와
주먹 속의 바둑돌보다 더 희미한 흰자의
관계가 바뀐 날
빈집이 된 흰 집과 검은 집처럼 오래 눈을 감은 날
오늘은 아닌 어느 맑은 날

맑은 날

나보다 맑은 날

관세음을 듣고자 하는 자는 들을 수 없는 음역에서만

울고 있는 날 함께 울고 있는 날

피가 흐려질 때까지 육식을 하자고 면벽은 얼굴처럼 부

드러워진 벽이라고

연못에 비친 것들을 흔들자

물고기들이 흩어졌다

다시 모여서 더 쓸쓸한 날

묵언 수행이 길어진 사람들은 몸속에 부레가 있을 거

라고

믿는 날이면

사랑을 나눌 때 몸이 몸을 밀어서

나누어 놓은 사랑 대신 한 몸이 되는 날

쟁쟁 울던 날과 울리던 날

범종 소리를 울리는 피학을 배웠는지 거미는 거미의 넋

을 치고

매미는 죽어 가는 소리를 때리며 소리를 키우는 날

눈부신 햇빛에 몸을 말리는 날

몸을 맡기는 날
그 누구의 몸보다 더 맑은 날

없다

개구리는 없는데 개구리의 몸이 있고
부처는 없는데 부처의 몸이 있다

돌은 없는데
돌의 몸이 있어서 돌은 부서지고
둘이 되고
각자가 되고 둘로 나뉜 운명과 다르지 않은
두 감정이 되는 것

돌에 맞아
뒤집힌 개구리의 흰 피부와 초록 피부의
경계에서

웅크리는 법과
지켜야 할 법이 많은 인간에게
여전히 몸이 남아 있으니

무덤의 주량이 늘어나는 것이다

흰 글씨로 쓰는 것

— 1

내가 쓴 모든 글씨가 징그러웠다
자꾸 버려지는 주사위의 눈빛처럼, 하늘을 노려보는 저
눈들이
바닥에 닿은 눈보다 많잖아

구름의 흑심에도 물기가 있다는데 책과 책의 시체가 쌓인
여름, 모두 폭우 속에서 혈육이 되어라
혈과 육이 다 엉키고 붙은 자음모음매음매음매음매음매
음매음매음매로 우는 울음소리의 주인들이여, 처음이란 침
대에 묻은 약간의 피였을까
나는 약의 의지로만 흰소리를 하지

그래, 글씨체가 뒤틀린 소원들마저 징그러워
살아 있는 글자가 있고 죽은 글자가 있어서 쓴 것들을
지워야 했지, 원래는 불교적인 시를
쓰고 싶었는데 글자가 글자를 낳으려면 글자를 죽여야 해
반드시 유정란으로 말이야

달걀을 깨면 얼마나 많은 날카로움이 드러나는지

하혈의 상상력이 달걀을 세우는 거지

약 기운이 퍼진 영화 장면처럼 나는 희미해지고 있어
검은 프라이팬보다 단단한 밤이면
내리는 비가 내린 비를 때리는 자학의 파티 속에서
나체가 되고 싶다
내린 비가 내리는 비를 끔찍하게 만드는 세계, 눈이 멀
어서
예외가 보이지 않는 오이디푸스

그런 자라면 생고기에 붙은 생이 없는 생이라는 걸 모
르지
그 붉은 살코기가 생생하다는 걸, 산 사람보다
더 뚜렷한 흔적들을

발자국은 왜 저마다 다른 표정을 짓고 있는지

푸르고 흰 연기
화장터의 냄새에 몸의 냄새가 남아 있다고

쿵쿵거리는 아이들
머릿속의 이들을 키웠다가 몇몇 이들은 죽이고
그렇게 삶, 그렇게 죽음
무엇이 될지 모르는 다음 생은 도박이다
어떤 이가 되고 싶은가
누구의 이가 되고 싶은가

웅덩이의 갈증보다 더 심한 비를 맞으며
아이들이 배꼽을 내놓고 깔깔대, 낄낄대 그 흙탕물이
아름다워질 때까지 뛰어다니는
종교를 가지고 싶어 나밖에 모르는 외국어로
말을 하고 싶어

저 밝은 눈들도 뒤집으면 곡(哭)이 되는 한글을 가르쳐
주며
이곳에 머무르고 싶어
모든 걸 잃어버린 눈으로 흰자보다 맑은 얼굴로 지낼게
아무것도 쓰지 않는, 그저 나

현실의 일

제정신을 잃은 텔레비전 화면에서는
흑과 백이 찢어지려는 증상이 드러나요, 신경질적인 건
반처럼
애인의 편지에 박제된 한글 속에는

몇 개의 ㄹ
가장 피가 통하지 않는 자세, 목발에게 무릎이 있다면
자꾸만 가려워지는 허공을
긁고
긁고
긁고
긁는 일은 언제나 한 번을 넘어서는 일, 여러 번 써야 하
는 일
혼자 묵는 호텔에서
나는 여러 번 악을 쓰고 시를 쓰고 몇 번이고
죽을죄를 뒤집어쓴 식물처럼
식물인간처럼
애인의 글씨체가 나의 몸을 닮아 가듯
식물은 죽을 때까지

제 완성된 몸매를 모른 채 자라는 거예요 흙 속에 발의 움직임을
모두 묻고 살아가는 거예요

권총에 든 탄약을 약이라고 할까요?
죽음과 기침이 동시에 나타나는 증상은 언제나 남의 것
관자놀이 옆에서
식물의 떨림을 느끼는 중이에요

말이 씨가 되면
어디에 묻어야 하는지
사람을 묻는 일은 여기서도
현실의 일이에요

음과 악
—— It's a wonderful life

음
파계를 당했을 때 갈 곳이 없었지
허름한 여관방, 몽유병에 걸린 선풍기는 밤새 고개를 저었고

텔레비전에서는 흰 집과 검은 집을 나눈 바둑을 중계해
나는 이세돌의 흰 집에 세를 들고 싶은데

그렇다면 나더러 검은 돌이 되라는 소리야?
혼잣말을 하는데
옆방에서는 남자와 여자가 헐떡거렸어 혼잣말보다 의미
가 없을 수도
있구나, 두 사람의 소리란

세계는 두 사람의 것인지도 몰라, 비가 내린 다음 날
세계는 천천히 식어 가고
세계는 겨우 두 글자로도 쓸 수 있지

악

이어폰을 탯줄처럼 쥐고 사는 후배가 있어서 모성을 가르쳐 주었다 음과 악 중의 하나만 그러자 음악을 골라 주었는데 스파클 호스의 노래였다 잇츠 어 원더풀 라이프, 원더풀 라이프라니 나는 나의 머리카락을 낙엽색으로 칠했다 자화상을 다 그리고 나자 언제 내가 자화상을 그리라고 했지? 자화상이 말했다

겉늙은 자화상은
벽에 걸려 있다 결벽에 걸린 벽에 걸려 있어서
두드러진 세계에서

이제 우린 둘이다 사람을 자주 바꿔 가면서 나는 둘이되었다

중국집에서 중국에는 없는 중국 음식을 먹으며
중국에만 있는 중국 음식을 검색하며
서로 킬킬거리거나
몸을 섞으면

우리는 걸레처럼 잘 마르는 체질이고 잘 더러워지는 체
질이다

붓을 말리는 동안에는 시를 썼다
모든 글씨는 집단적이고
나는 집단적인 현실을 읽어 왔다 사람이 거기 있을지도
모르니까 나는 많은 글자를 썼고 나도 그중의 한 글자만큼
집단적인 감정을 가졌다 불경만큼 긴 소설을 쓰고 싶을 정
도로

12시 내외

슬픔:

지퍼는 눈빛을 둘로 나누는 국경선이다

치마보다 구겨진 계단에서

우리는 여러 겹으로 나뉜 일요일이 되었지

찢어진 사진을 다시 맞춰도 애인의 얼굴을 조금 잃었으니

애인의 얼굴이 부족한 밤

성년:

생크림 위로 떨어진 촛농이 숨어 버리고

나는 흰 것들이 불편해

언제든 얼룩이 생기면 얼룩을 빼는 천성이란

흰밥이 익숙하지 않던 어제와 같으니

어제를 벗어나도 어제가 되는 매미의 허물을

간직하는 기분

춤:

라디오의 기분을 탱고에 맞추는 기분이야

필리핀 아가씨의 젓가락이 엇갈린 다리보다 서투르고

반쯤 무너진 케이크와

버려진 공사 현장을 밝히는 촛불은 모두 눈빛이라고 믿을래

수면제를 먹고 수면 속으로

입장하기 위해 배꼽에 맞는 열쇠가 필요했어

악마가 웃고 있는 벽

그래피티와 흩뿌린 피를 구분하지 못할 만큼

하고 싶었어

초대:

한 때는 엄마가 썼던

고무장갑의 손가락이 반쯤 잠긴 물속에서 부어 가는 이제

스무 살이라고 믿는 스무 살의 촛불

부레가 부푸는 심리와

오줌이 마려운 심리, 갈증과 배고픔이 다르지 않아

젖을 무는 감정으로 키운 풍선은 내 호흡의 크기이며

색깔이 다 다른 호흡 속에 둘러앉아

사랑을 나누다가

몸이 나뉘고

사랑이 둘로 나뉜 밤

촛불이 촛불을 나누어 키우는 밤

혁명:
하이힐이 높은 언덕에서 무릎을 몇 번이나 꺾었는지
높이를 견디는
예수의 표정과 손바닥에
박힌 못이 모두 청동이라면
청동의 성격은 예수의 성격보다 좀 더 거칠어지고
죄와 벌이 한 몸이 되는 게 쉬운 거라면
몸이 추는 춤이
옷이 추는 춤과 같다는 거, 비를 맞을수록
예수의 어깨와
십자가에 녹이 슬었지

나의 알리바이

— 묵비권

1
밤은 딸 가진 사람들과 같은 처지다

2
아파트마다 불 켜진 집을 세어 보면
그 총합이 거기 사는 사람들의 수를 넘을 때가 많다
가족마다 잠들지 못하는 사람이 한 명씩 있어

어둠의 성격은 죽은 가로등의 개수에 따라 자주 바뀌고

눈치 보면서 책을 읽다가
그래, 귀족은 갑자기 목이 잘리는 삶을 살다 가는 자들
이니
그걸 읽고 고양이 대신 머리를 길렀어
마스카라로 무거워진 눈썹을 들다가
잠이 들 때

사람마다 각자 혁명의 시기가 주어진다 더는
사랑하는 사람의 맨발을 쥘 수 없는 시간

3

물에 불은 책

죽은 사람의 신발에 묶인 신발 끈

부푼 손

기타를 막 배우고 생긴 굳은살

고양이가 다리를 절며 걷던 동네, 담벼락

깊고 추한 낙서들과 낙서들이 얼크러지는 밤

혼자 자는 천성

그중에서도

나는 오래 자라는 생머리가 부러웠다

4

신발을 벗기고

긴장한

신발 끈을 푼다

거식증

반지의 구멍과 손가락이 관계를 했다
반지가 빠지지 않았다
살이 빠지지 않았다 모든 뼈가 다 묻힐 만큼
살이 찌고 싶다

눈사람이 고백했다
부러진 눈썹과 부러진 나뭇가지를 팔이라고
손가락이 다 있는 장갑을 걸치고
털모자와 털목도리를 두르고
털 하나 없는 몸이 말라 가고 있다
시체 놀이를 자주 하던
아이의 시체처럼
죽을힘을 다해 숨을 쉬려던 사람의
죽을힘

장애가 많을수록
인간적이었다 인간적이라는 게
목줄의 길이보다 짧은 자유의 길이처럼
이어폰을 꽂은 노트북에서 벗어나지 못하는 것

점선처럼 끊어진 기러기들이
선을 유지하려는 마음 같은 거
그들을 따라
하고 싶은 가위질을 참아야 했다
웨딩드레스는 안전하고
죽은 왕녀를 위한 파반느는
죽은 왕녀가 들을 수 없어서 안전했다
매일 밤

그걸 들었다
관계하는 소리였다
아무런 관계가 없는 눈사람은
소리 없이 녹아 가고

아침에 일어나면
대열을 이탈한 기러기가 지었는지
머리에 빈 둥지가 남아 있었다

수용소

1
빨래집게에 잡힌 신호가 흰 수건의 체중을 줄였다

사라진 얼룩처럼
예수의 식욕이 떨어져 대성당의 비둘기가 모두 한 곡의
노래가 될 때까지
울었지

휴지보다 못한 휴거처럼

결벽증이란
몸과 살과 약을 나누지 않기 위해
몸과 살과 약을 먹는 것
떼어 쓰지도 않고
먹는 몸살약

2
흰 수건이 마르고 있다
갈비뼈가 드러날 만큼

모두 함께 제정신을 잃은 옷을 입고도
곡괭이의 참을성과
침대의 참을성이
내게만 느껴지는 날들, 살려 달라는
정오 근처의 기도 대신
찬밥을 먹었다
창문의 혼이 보일 만큼 많은 입김이 서릴 때
쓰는 것들은 읽을 수 없는 것들이니

모든 것이 지어지고
모든 것이 무너지고
모든 것이 지워지는
벽으로

못이 빠질 때마다 혼이 빠지는 벽으로
빛이 전염되고 있다

피가 물보다 맑아지고 있다

빈디*

*

한 가지 자세를 견디는 빨래의 무기력을 보았다 인도 여인들이 부릅뜬 눈이 붉었다 나는 이렇게 썼다 "옷은 사람이 팔다리를 다 벌리고 죽은 자세다" "옷은 사람의 목이 떨어진 시체다" 이런 한글을 종일 쓰다 보면 꿈을 꿨다

이 더운 나라에서, 시인들의 오른손이 벙어리장갑이 되는 악몽을
뒤집으면 음악처럼 보이는 악몽을
베개의 온도며 귀신의 온도며 찬밥의 온도를
느끼는 혀 같은 벌레들, 글씨들

*

온 지 얼마 안 되었지만, 나는 마음의 병에 걸린 여행자입니다 모든 밥알의 표정을 다 지을 수 있을 만큼 굶었던 날들, 인도에서 태어난 영을 탐하는 거식의 증상 죽은 눈사람의 얼굴로 그렇게 사라질 웅덩이로 하늘의 맨얼굴을 보려고 했습니다 밤하늘의 별자리란 전부 뼈만 남은 시체들이라는 걸, 당신들은 알죠? 비누가 냄새만큼 미친 현

실에서 비누만 결백하다는 걸 나는 하얀 인간이에요 밤마다 하얀 머릿속 고통은 약을 더듬는 손가락의 야생성입니다 모든 화자는 환자의 징후를 보이지요 약한 가로등이 더 약한 빛을 키우는 모성 나방이 외우는 빛의 부드러움 젖은 얼굴과 젖은 얼굴이 엉겨 붙은 밥처럼 지어지는 것 나의 이름 같은 것 누구도 불러 주지 않는 묵음으로만 지은 것들이 필요해요 나는 나의 병에 물을 채우고 그 물을 마실 거예요 이 끝나지 않는 갈증에 때로 병이 필요하다는 역설을, 들을 수 있나요? 이 이상한 한국어를, 나의 현실을, 끝없는 꿀꺽꿀꺽 같은 것들을

* 인도를 비롯한 남아시아 국가에서 여성들이 이마에 찍는 붉은 점.

한 줄의 현악기

귀를 최초의 관악기라고 하자

어둠과 녹음기를 돌리자 바람 감기는 소리를 믿고
치사량의 기침과 젖은 눈썹과
더 날카로운 것들이 이어폰과 혈관을 통과한다

내가 하는 모든 말들은 위반이니

묵언 수행은 입 속에 새를 기르는 일, 몇 마리의 새를
죽였는지
방문을 잠그는 천성, 겨울이면
나의 입술에는 바느질의 흔적이 남아 있어

오늘은 새를 묻어 주자
비닐봉지를 묶은 자리에 두 개의 구멍이 나고
나의 손가락은 그곳을 통과하는
소리라고 믿겠다

가로등이 식물의 자세와 같고

유리잔이 물의 자세와 같듯
천장으로부터 내려온 한 줄의 현악기와
목의 힘줄과

배추를 팔기 위해 목소리를 사랑한 그와
혀처럼
몸부림치는 나에게
뿌리와 발버둥의 차이는 없고

내 눈은
가장 먼 곳을 바라보기 위해
눈동자만 한 어둠을 지우기 위해

단추와 구멍의 관계처럼
사라진
구멍이다

시에스타

1

방 안에서 웅덩이가 자랐다

그곳으로 이끼가 옮았다

불면이 숨소리를 듣는 습관이라면

지금은 모든 펜이 곤두선 안테나가 되는 순간

불청객들의 귀 움직임을 중계했다

2

편지지와 허공을 몇 번이나 해부했지 혼잣말로 못 쓰게 된 몸과 몸들에서 땀 냄새가 나고 인도인 친구는 방을 옮겼어 없어도 되는 장기와 없어도 되는 신앙 같은 거, 있다면 숨기지 마 어둠에 가까운 피부색으로 나는 가끔씩 없는 사람 동양 남자가 내 손목을 쥐고 202호, 203호, 오늘은 204호…… 좁은 방을 국적으로 둔 사람들 나는 몇 번 방의 선물일까

포장과 속옷은 색깔을 맞춰야 해 나는 좀 더 깊어진 웅덩이에 손을 담그지 손 하나가 다 들어가지 않는 깊이가 나의 시간의 깊이 이 시간이면 거울은 자주 성격이 변하지

깜박이는 것들은 모두 맥박을 닮은 것들

남자의 차 백미러, 눈꺼풀 아래로 기른 검은 손톱
깜박거리는 신호등 세 가지 빛
따로 떨어지려는 빗방울, 떨어지는 소리들
쿠마리 출신 후배가 길들인 별들

빛에 취해 돌아오면 몇몇 이불과 여자들은 웅크린 공동
묘지 누가 그들의 눈동자를 훔쳤을까 주사 놓을 혈관을 찾
을 줄 안다면 그곳은 구름으로 가는 통로일까 종이가 모자
랄 때까지 몸을 다 쓰고 나면 나는 자주 물을 마셔 커튼
사이로 빛이 새면 나는 무릎을 접고 웅크리는 하수도 몸
밖으로 물이 새는 소리…… 들리니?

노을이 지고 핏기가 빠진 허공으로부터 나는 천천히 얕
아지고 있는 중이야

이끼의 시간

우물 위로 귀 몇 개가 떠다닌다

검은 비닐봉지 속에 느린 허공이 담겨 있다 나는
내 빈 얼굴을 바라본다 눈을 감거나
뜨거나, 닫아 놓은 창이다

녹슨 현악기의 뼈를 꺾어 왔다 우물이 입을 벌리고

벽에는 수염이 거뭇하다 사춘기라면
젖은 눈으로
기타의 냄새 나는 구멍을 더듬는, 장마철이다

손가락 몇 개로 높아지는 빗소리를 누른다 저 먼 곳에서
핏줄이 서는 그의 목젖, 거친

수염을 민다
드러나는 싹이여, 자라지 마라
벌레들이 털 많은 다리로 밤에서
새벽까지 더듬어 오른다

나는 잠든 그의 뒷주머니에
시린 손을 숨긴다 부드럽고 가장 어두운

비닐봉지 안에 차가운 달걀 몇 개를 담아
바람에 밀려가는 주소를 찾는다

귀들이 다 가라앉은 물에도
소름이 돋는 중이다

인어의 날

팔목에 짧은 수평선을 긋자 파도가 쳤어

나의 눈빛과 유리 조각의 차이는 치사량이야 몇 줄의
밤과
매일 물의 껍질을 벗겨 냈으니
지겨워, 이름 따위 등대와 담배를 물고 불빛을 연기하고
남자의 것도 물었다가

나의 의도와
나의 고요가 악기를 통과하고도
귀보다 깊은 걸까?

창문을 깨뜨려도 풍경은 여전한 아버지와
아버지의 비행과
나의 비행이
어깨가 묵지근하도록 새였구나, 새가 되다니
개가 되겠어

이어폰을 꽂고 자란 침묵처럼

금빛 머리칼 속내로 검은 뿌리가 뻗어 오르고
더는 남겨 둘 수 없어
가위를 쥐었지 머리카락에서 숨소리가 나는 저녁
항구로 배들이 들어오고 있어
파도를 밀고
들어온 너의 것

자주 머리를 감았고
자주 눈을 씻었는데
비누의 수명은 얼마 남지 않았어, 너처럼 줄어들래
빈 얼굴 같은 비누를 만지작거렸고

눈과 눈을 몇 차례 마주해도
부딪힌 적이 없어
이만 나갈래, 지느러미를 흔들면
이만 나갈게

문이 되는 벽
이불에 옮은 달

어른의 오줌 냄새
내 것이라면
오늘은 몇 번쯤 짖고 싶어

벽마다 벗겨진 각질과 나의 손톱 사이로
소리가 새어 나갔지

3부
흰 옷을 입은
사람들

나의 무문관*

흰 두부처럼 살고 싶다고 했지 흰 두부에는 생명이 없
다 다만 겉과 속이 다르지 않은 은유이거나 은폐이거나 혈
색이 맑은 거울일 수 있다 속이 상한 내가 늘어나고 속이
성한 칠십 대가 드문 계절의 면과 벽 사이에 있는 과처럼
기역 자와 와 자가 될 수도 있다 정사각형의 넓이를 구하
는 공식으로 고요의 넓이를 구한다면 고요의 깊이는 어떻
게 구하는지 물어볼 수 있다 물 수 있다 물일 수 있다 나
는 이렇게 앉아 있을게 더는 찾아오지 마 귀신이든 바람이
든 나를 흔드는 물질이라면 그래 나는 나를 만질 손이 있
고 손을 만질 내가 있어 내가 네라고 대답해도 네가 내라
고 말해도 모를 자폐는 흰 사절지다 하늘과 땅이 뒤집혀도
되고 압정이 네 군데 박힌 채 십자가처럼 걸려도 되고 어렵
게 그린 엄마 얼굴만큼 구겨져도 되고 그렇게 더 멀리 날아
가 쓰레기 소각장에서 검은 연기로 타올라도 되는 흰색 장
면이다

* 불가에서의 수행 공간

인간의 것

사람이 없어도
그네가 흔들리는 감정처럼
살아가는 것과 죽어 가는 것의 차이를
알 수 없다

감추고 싶다고
손가락이 있어도 손가락이 보이지 않는 장갑을
벙어리라고 할 때도
장애와 침묵의 차이를
알 수 없다

다만
손가락이 없어도
손가락이 있는 장갑을 끼려는 감정이
뼈도 없고
살도 없는 손가락처럼

흔들리고 있을 때
우리는 바위와 보자기의 차이를 알 수 없으니

가위를 쥐어 본 적 없고
그래, 아무것도 쥐어 본 적 없는 손

일요일만 남아 있는 일주일처럼
두 손으로
기도하는 사람들 사이에서 기도할 수 없는
형식이 있다

눈 덮인 내 차와 네 차를 알 수 없는
백야와

낮인지 밤인지 알 수 없는
열두 시의 눈사람이 있다

있다

검정 옷이 필요한 오후 검정 옷이 없다 전화를 받고 난 다음 세상은 흑백일까 검정 옷을 입은 사람들이 이 세상으로 모여들었고 검정 옷을 입은 사람들 속에 검정 옷을 입지 않은 내가 살아 있다

옷의 색이 옷을 필요하게 하는 죽음이 있다 벚꽃이 지는 걸 기다렸다 벚꽃이 지는 걸 보러 나오는 사람들과 봄에 대해 말하자면 봄은 어떤 말이 될지

봄이니까 바깥에 다녀야지 입의 바깥으로 나오는 소리 나의 바깥에는 서로의 바깥을 살피는 사람들 버스 안 목탁을 두드리는 소리가 허공을 두드리고 있다 제 몸을 드러낸 자가 사바에 있고 제 몸을 감추는 자가 사바에 있듯 경을 외는 소리만큼 거친 산길에서

봄의 흔적이 꽃이라면 꽃이 꽃을 범한 흔적을 나비라고 하자 밝은 옷이 무서워지는

하나의 감정과 색이 같은 감정들, 보다 더 많은 감정들로

관을 동여맨 줄과 줄을 쥔 손과 이어진 얼굴의 근육은 내 것이 아니다 허공에 저항하는 내면과 다른 면 그걸 표정이라고 한다면

당신들의 옷보다 더 어두울 수는 없었다고 나는 바깥에 있는 사람이라고 말하겠다

선생

모든 미소 뒤에는 이빨이 있다 삼천 배를 하기 위해 믿었다 부처의 발톱은 허벅지 살을 밀며 자라고 있을 것이다 그건 나팔꽃과 신경이 연결된 담벼락에 대한 생각, 더 비굴해져야 했다 무릎은 금이 간 달걀이지 축축한 병아리 새끼나 뼈 섞인 노른자는 아니다 가까운 죽음은 먼 죽음보다 먼저 있었다 초침이 그걸 다 세고 있을 때 시계는 소리가 되었다 아무것도 찌르지 않는 바늘은 위험하다고 바늘의 자격이란 바늘의 귀를 통과하는 소리라고 믿겠다 너는 바늘보다 더 가는 실눈을 뜨고 바늘의 귀를 통과하고도 나의 귀를 통과하지 못했지 온 힘을 다해 너의 몸속에 흰 새들을 낳았으니 새소리가 자랄까

나의 눈빛은 방석과 감정을 오갔다 팥죽보다 더 짙은 팥죽색 방석에서 나는 팥죽색이 된 색의 외로웠던 과거를 두 손바닥에 올려놓았다 네가 받았다 네가 붓글씨로 된 한자였으므로 너는 옛날 사람 같았고 선생 같았다 네 이름이 낳은 색이 되고 싶었다 촛불이 몇 개라도 촛불의 새끼는 촛불이고 수많은 어미와 어미가 새끼와 새끼가 어미와 새끼가 교배했다 잠시 그렇게 되고 싶었다 네 이름에서 모음

만 남았다

면과 벽

꽃은 태양을 죽이기 위해 태양 쪽으로 자라니 입술이 입술을 찾는 것은 붉은색의 천성입니다

면벽의 끝은 눈동자 검은자 활자 사자를 지워 시체를 남기는 일입니다 불상의 몸과 옷이 나뉘지 않는 것처럼

눈빛을 잃은 눈동자들이 바닥에 굴러다니는 걸 보았습니다 태양과 지구도 마른 잉크 위를 구르고 있다는 거 알고 있습니다, 몸을 생각하면 몸 냄새가 난다는 것과

인간의 머리카락이 윤회의 횟수라는 거

마음이 변해서 열네 살이 되었다가 인간의 몸에 들린 고양이가 되어 밤새 어둠과 교배하다 돌아올 적이면 촛불이 상해 가거나 사람의 얼굴을 붉힌다고

탱화가 식은땀을 흘리고 있습니다

햄스터는 제 새끼를 먹고 새끼를 낳는다는데 먹힌 새끼

와 낳은 새끼가 다르지 않습니다

먼 산을 바라보았다

*

내가 심지 않은 식물이 자랐다

봉숭아라고 생각하자 봉숭아가 된 식물이었다

모든 건 발목 아래부터 변심했고
나는 양말을 신었다 신발을 신었다 신발을 벗었다 양말
을 벗고
흙 묻은 발을 씻었다

가고 싶은 곳과 가야 하는 곳이 다 다르고

뿌리는 긴장된 상태로
아무것도 쥐지 않기 위해
꽉 쥔 주먹처럼

죽기 전까지 펴지 않은 손에는
남은 손톱의 흔적이
절취선처럼 남아 있다

죽었다고 생각하자 죽은 사람이었다

죽은 사람이
어제 먹은 저녁의 흔적이 잇몸에
끼여 있고 저녁을 다 먹고도
저녁은 죽은 사람의 이와 이의 간격에 남아 있다

묘지마다 누군가가 들어 있고
누군가가 자랐고
내가 모르는
누군가가 내가 아는
누군가처럼 보일 때까지
자랄 때까지

다 피우지 않고 버린 담배처럼
나는 가위에 눌렸다

적당한 존재

서랍이 열리는 서랍을 닫아 놓았다
죽음을 인정하려면 수많은 전화가 필요해 비슷한 목소
리와
목소리의 온도가 귀의 온도가 되어 갔다
좋은 곳으로 갔을 거라는 말과 좋은 곳이 없었던 몸 사
이에서
나는 적당히 존재했다

그림자와 붙임성 있는 날들을 보냈다
검은 옷을 입은 사람들이 한통속처럼 검은 표정으로 왔
다가
검은 표정과
색다른 표정으로 돌아갔다

창문으로 분해된 기분
별이 있어도 보이지 않으면 별이 아닌 것처럼
언제든 어두워질 자유처럼

고양이들의 모국어는 발소리다

시간을 죽이고
발소리를 죽이는 법, 무언가를 살해한다는 건
종이의 기분 같은 것이다
글씨의 체중이 의미에 따라 다른 이유 같은 것이다

한 편의 시가 잡종이 되어 갈 때, 문득
너 요즘 생각이 다른 곳에 가 있는 것 같아, 친구가 말
하는
다른 곳에서 살고 싶을 때

열쇠 구멍이 열쇠를 듣는 것처럼
열린 문
을 잠그는 것처럼 중국인은 중국어를 하지 않았고
일본인은 일본어를 하지 않았던 교실에서
수많은 검은 머리들과
교복들 속에서

나는 적당히 존재했다

백색 사원

눈이 더러워졌다 쌓인 눈을 보는 눈까지 더러워졌다 흙에 감염된 눈사람처럼 피부색을 견딜 때까지 눈사람인 것처럼 더러워졌다 나의 순결이 당신이 범한 순결이 될 때까지 더러워졌다

내리는 눈과 보는 눈이 한 덩이가 될 때까지 더러워지는 눈동자의 검은자와 흰자가 하나가 될 때까지 나는 더러워졌다 그렇게 피멍이 든 유리창을 누군가의 악필 같은 혈관으로 누군가의 낮이 흐르는 것을 녹아 흐르는 얼굴의 색을

흰색이라고 흰 살이라고 흰 살을 가진 새처럼 흰 종이라고 종이 위에 살아 있는 거라고 눈은 살아 있다고 쓴 김수영이라고 종이에 권력이 생길 때까지

많은 악몽이 부서진 노른자와 흰자와 검은자처럼 나는 태어났고 더러워졌다 순순히 더러워질 줄 안다는 건 비밀과 번호가 하나가 된 비밀번호처럼 손때가 묻는 것 오래 씹던 껌이 길바닥과 함께 죽어 가는 색이 되는 것 어떤 껌이든 하나가 되는 색처럼 내리는 눈을 보는 눈처럼 더러워졌다

돌아오는 일요일

나는 의자의 맞춤법이 어긋날 때까지 흔들려요

교회와 고양이의 비상구는 눈빛이죠, 간신히 열려 있는
세계로
간신히 가는 눈을 뜨고
아멘을 함께 발음하려는 사람들의 모의를 헤아려요

몸속보다 어두운 몸 밖에서 일어나는 일들
마음에 드는 2시의 생김새

나는 그늘과 청각을 나누는 유리 너머를 바라봐요
가을이에요 간신히
나뭇잎을 다 떨궈 낸 나뭇가지의 성격이 날카로운 것처럼
날카롭게

돌아오는 목요일은 돌아가신 할머니 제사란다
돌아온다는 말이
돌아간다는 말보다
더 슬픈 말일까요

돌아가셨으니 돌아갈 곳이 있다고 믿자
하늘색이 변하는 하늘의 색을 모두 하늘색이라고 하자
농약도 약이라고 부르는 것처럼
나는 실례가 되는 생각을 하고 있어요
실례가 되는 몸을 하고

성별이 없는 속옷을 입고 아이가 되고 싶어
할머니가 보고 싶어

되감은 화면에서
뒤로 걷는 사람과 젓가락으로 면을 토해 내는 사람과
서로의 입에서 혀를 떼어 내는 커플
알아들을 수 없게
뒤로 말하는 사람들
잠드는 시간과 일어나는 시간이 뒤집히고
멀어지기 위해 가까워지는 사람들의
풍경

하늘로 돌아가는 비와
하늘로 돌아가는 눈

사람이 없는데 흔들리는 흔들의자에서
흔들림이 멎은 심장처럼
지난 일요일이 다가오는 일요일을 기다리고 있어요

낯선 곳

1
너와 비를 오해했다 오늘 알았다
집시와 달팽이는 습기에 취해 움직인다는 거
멈춰 서서 그들과 대화해 본 적 있니?
그들의 살을 만져 본 적 있어?
한국에서 너는 늘 검은 속옷과 상처를 입었지
그런 날

무작정 버스를 탔고
나와 창문에 비친 나를 외면했다
목적지를 지나치고 나서야
우리는 더 낯선 곳을 찾아 지도를 펼쳤고
나는
너에게 아름다운 이야기를 들려주었다

이를테면
"이 마을에 있는 묘비 없는 무덤이란 무덤은 전부 제 애인
과 기타를 치다가 기타에 맞아 죽는 경우의 수래" 같은 거
너는 자주 눈을 감고

기도했다 나는 너의 기도를 듣기 위해
기도했다

2
너에게 배운 거라면
쓰레기들을 담은
봉지의 끝을 묶으면 한 쌍의 귀가 된다는 거
우리

밀봉된 것들엔 뼈가 없다는 거

달팽이집
묶인 책
낮달
카레
그리고 시계

저 열두 개의 숫자들은 무엇을 중심으로 공전할까?
너에게 물었다

대답이 없어서
나는 조용히 저녁을 준비했다

냄비의 호흡이란
물이 끓으면 열 받는 것들을 생각하는 걸까
금세 안경이 흐려졌다
풍경이 흐려졌다
결국 우리는 냄새에 취하는 체질이고
카레는 영원히 밝은 음식이지

너에게도 입이 있다면 좋을 텐데
……대답 좀 해 줄 수 있니?

침묵과 아가미에도 차이가 있을까

3
문을 열자
네가 사라진 풍경이 밀려들었다

백
의

백:

배꼽이 너무 많은 백

백에서 백을 빼면 아무 느낌이 없거나

하얗다

자백:

자백은 스스로 하얘지는 일이다

이차돈의 목에서 나온 흰 피와

조선의 신도와 프랑스 신부의 목에서 흐르던 먹물이 같
은 색일 때

주여, 얼마나 많은 색맹들에게

양의 피부가 검은 색일 거라는 믿음을 심어 주었는지

긴장된 단추 몇 개를 풀면

드러나는 살갗처럼 드러나는 죄

순백:

종이가 글씨를 낳는 순간

펜 끝으로 제왕절개를 서두르는 메스를 느끼고

시를 쓰면 백까지 살 수 있어도

소설을 쓰면 백까지는 살 수 없는
볼펜의 피

결백:
창문이 결백해질 때까지 걸레가 더러워졌다
꿈의 결과는 꿈 밖에 있다
걸레 같은
머리를 휘어잡는 남자의 하얀 손을 검은 손이 따라하듯
빛에 가로막힌 인간의 자세만큼
캄캄한 게 없다, 그림자와 하나가 될 때까지 쓰러지리라
백의 존재들은 손목을 물어
목과 손을 나누었다

고백:
모음을 배신하려는 열 손가락의 생계를
믿지 않을 것이다

독백:
온도계의 혈압은 혀를 참은 결과다

간호사들은 듣지 못하는 말, 못의 주장은 귀에 못이 박

힐 때까지

계속되는 벽처럼

영은 없어도

사진 속에서 혼이 움직이고 있는데, 이미 백발이 된 내게

흑백사진의 기후는 언제나 흐린 기억에서 왔다

도장은 계약서의 귀에 걸린 새끼손가락처럼

내 이름만 피처럼 새겨 놓았다

백 세가 되어도 내내 붉을 저 태양과

흰 배경이 모두 환각이기를!

여래의 앞에서 삼천 배를 하고 난 숨소리와

몸을 탐하는 숨소리가 닮아 가는 게

환청이기를!

해바라기의 빛

꽃병에서 꽃과 병이 옮아가요 나는 해바라기로 태어난
적이 있죠, 적은 한둘이 아님에도
해의 혈압이 올라요 노랑이 미쳐 갈 적
분노했던 적, 라텍스 장갑을 낀 적이 많은 날들이면

참을수록 삐거덕거리는 의자의 증상, 나는 김빠진 콜라
처럼 쉽게 열려요

다른 세계와 세 개의 주파수를 맞추는 일은 얼굴과 무
릎과 손바닥을 마주한 차가움, 차가운 바닥에서부터 시작
되고, 알라 쪽을 향한 웅크림과 불상의 앞에서만 웅크리는
것들 엄마의 속에서 웅크리는 일처럼

물감을 먹고도 온 힘을 다해 웅크릴 수 있어요 나는 파
랑색과 흰색을 즐겨 먹는데

하늘색이 없는 하늘을 봐요

그럴 땐 시곗바늘이 손목으로 들어가는 기분 나는 신경

을 건드리는 시침과 개미와 속을 알 수 없는 술병과 죽은 비둘기, 보내지 못할 메시지와 독약까지 몰래 입 속에 넣고 입을 다물어야 하죠

거울에는 가뭄을 견뎌 낸 흔적처럼 나를 부수려던 흔적이 있고
거울과 겨울을 착각한 흔적이 있죠
모스크바 횡단 열차는 눈 내리는 지평선을 달리고, 멈춰 있는 풍경들

필름은 열차의 창문을 본떠서 만든 것일까요

나는 몇 장의 그림을 찢고 몇 장의 사진을 찢었는지 몰라요 몇 장의 거울이 나 대신 부서졌는지 유리도 병도 꽃도 병도 다 부서진 작업실, 그래요 나눌 수 있는 것들은 전부 나눌 거예요 그게 당신이라면

하나님과 아버지는 죽어서도 조금 떨어져 있겠죠

유정란

바둑을 두는 것처럼
흑과 백으로 나뉜 세계처럼 과거의 한 순간처럼
졸업 앨범을 창문이 많은 건물로 보는 것처럼
미친 사람처럼 내면을 바라보는 사람의 눈처럼
누가 남겨 놓은 저녁처럼 시간이 지나면
저녁이 밤이 되는 것처럼
피아노의 흰 건반 옆에 그림자가 있는 것처럼
흰 건반과 높이가 다른 검정처럼
마크 로스코의 자살처럼
우리를 나누면
죽은 너와 내가 되는 것처럼 나 혼자 남은 시 속에서
나 혼자 말하는 것처럼
두 가지 색으로 나뉜 문 앞에서
두 손으로 얼굴을 감싸는 것처럼
졸업 앨범에 없는 창문들과 얼굴들이
모두 여기에 있는 것처럼
얼굴이 없는 사람들처럼 얼굴이 모두 녹아내린 것처럼
5층의 높이와 죽음의 높이처럼
간단한 몇 마디 말처럼

검은 돌을 모두 먹은
흰 돌처럼

흰 글씨로 쓰는 것

— 2

비밀은 더럽다 비밀번호에만 때가 묻어 있다
초인종에 묻은 지문이 더럽다는
말을 할 때마다 마스크의 안쪽이 더러워지는 것을

매일 딸의 전족을 감는 어머니는 모를 것이다
번데기 속의 애벌레가 얼마나 많은 발가락을 잃어버리는
지를
나비의 무게와 나방의 무게를
쥐의 눈으로 본 박쥐가 천사의 모습인지 악마의 모습인
지 모를 것이다
중력을 견디는 잠자리의 뒤집힘
붓글씨가 흐린 관념 속에서만 뚜렷해서 광해가 미쳤다
는 것을
배우는 밤과 배웠던 밤을
바람이 미친 듯이 불 때도 미쳤다는 말을
쓰는 것과
하는 것의 차이를

모를 것이다

밤하늘의 비행접시와

관계없는 접시가 날아다니는 이웃의 집구석처럼

사람과 사람 사이를 알 수 없어

밤마다 이불 속에서 웅크리는 어린 것들이 독학으로 알

게 된

기도하는 법을

집구석 같은 얼굴에서

인형의 눈알이 가득한 자루와 눈이 없는 곰 인형 사이

의 악몽 사이에서

새로운 눈을 살 수 있다는 것을

수업 시간에 자주 한눈을 파는 너라면

한눈을 팔면 얼마에 살 수 있는지 알고 있을까?

자루 속에서 10원짜리 눈알이 쏟아질 때

모든 비밀은 속에만 있다는 것을

                            .

몸속에 든 병이나

입 속에서만 말로 변하는 혀의 생김새

찬밥보다 찬 소화기가 품고 있는 뜨거움을

구두의 굳은살은 구두 속에만 있다는 것을

그래서 내가 얼마나 숨어 있었는지를
모를 것이다

4부
희생양의 젖을
물고

빛의 외도

사제:

휴지는 제 몸을 바치는 색입니다

거울이 연해지는 시간이니

죽을 때까지 물고기는 물 밖에서 침묵하고 인간은 물속에서

침묵합니다 기도합시다, 여러분

그건 남자의 혀가 여자의 혀라고 믿는 침묵이고

저 마녀를

감정이 잡히지 않는

배우의 빈손을 십자가 뒤로 묶어 버리고 불과 씨를 뿌립시다

얼마나 많은 씨가 배 속에 들었는지

저 부푼 배 속에 몇 마리의 악마가 새끼를 쳤는지 모르지 않습니까

여러분

오전 네 시를 닮은 여자의 오후 네 시를 닮은 감정:

해가 짧아지는 건

해의 길이를 지구에서 잴 수 있는 혀의 길이 때문이에요

입 속에서

얼음의 체력이 물이 될 때까지 나는 한 남자를 사랑해서

녹아내린 거예요

맛이 간 인간의 맛은 어떤지 알고 싶었는데

채우자마자 사라지는

유리잔의 허기처럼

달걀의 심장이 뛰는 증상이 느껴질 때 달걀은 못 쓰는

감정이라는

마음에 없는 말은

악마가 지껄인 말이라는 걸 알아요!

저녁의 길이를 재는 노인:

바늘은 옷 하나를 지나며 몇 개의 세계를 통과하는지

아시오?

여름에도 잔다르크의 동상이 차가웠소, 그 나이라서

피에도 뜻이 있는 나이라서

거울을 씻어야 했소, 당신의 얼굴에는 열일곱의 아이가

지었던 표정을

미워하는 표정이 담겨 있소

당신의 자화상:

그림 속에서 멸종된 색은 인간의 살색뿐입니다,

그림자보다 그림자의 뜻이 많아지는 백야가 되었으니

마녀의 피 대부분은 새의 것입니다

주인 없는 그림자들처럼

이제 우리는 한 번도 들어 본 적 없는 노래를 듣기 위해

사람을 죽여야 할 때가 왔습니다

나:

그러나 빛의 의도는 빛의 방향과 정반대입니다

신은 날고기를 먹는 사람들*의 것이다

신을 벗은 발

매미가 울 때마다 매미 허물이 한참을 떨었지 지하의 열
일곱이란 사춘기와 얼마나 다른지 시가 적힌 종이를 피리
처럼 말면 생기는 어두운 터널이겠지 김밥의 표면을 닮은
비밀이겠지

구김살 없는 사람도
구김살이 많은 소복을 입는 날
그러나 신발은 언제나 당하는 것

나는 알고 있다, 낮달의 참을성은 드러나지 않는 몸으로
낮에 붙은 달 노련한 귀신처럼 자연스러운 낮으로 사람처
럼 말하고 사람답게 움직이는 것 영정 사진 아래서 노인을
닮은 발톱을 깎다가 문득 저 사람들, 달을 보고 있구나 모
두가 주목한 더러움을 토끼를 닮은 얼룩을

봉쇄수도원

문 잠그는 소리가 문 열리는 소리와 다를까
치매에 걸린 붕대를 풀자, 다시

희고 먹먹한 고요와 함께 있는 나

벙어리는 자화상이 지르는 소리를 듣고 귀를 눌러요
입을 막을 것이지
앞니가 흔들리는 피아노
골반이 뒤틀린 나무 의자만큼
장애가 많은데

나는 말을 배워 놓고 말을 할 수 없으니, 노래라도 될까요?

통성명이란 내 이름을 주고 남의 이름을 받는 건데
하늘에 계신 우리 아버지여
이름이 거룩히 여김을 받으시오
그 이름을, 내게 주소서

관 뚜껑에 못 박히는 소리가 들릴 때까지는
그 누구도 모르는 신이여
더는 질문이 없으니
대답을 마시오, 하나님 혹은 아버지

차가운 결말

귀신을 자주 보면 흰 머리가 많이 생기지
검은 머리를 가진 짐승은 거두는 게 아니라는
옛말은 귀신이 지어낸 것이다
손전등 불빛이 정신 나간 나방을 닮아 가는 공동묘지
사람은 누워 있고
비석은 서 있는
이상한 키 높이로 본 세상

이 세상에 날 거라면
에스키모로 태어났어야 했는데
에스키모는 얼음에서 침묵을 배웠겠지

당신은 왜 이리 떠드는 겁니까, 이 짙은 악몽 속에서
해몽도 할 수 없는 언어로
시를 써야만 했나요?

얼음을 타고 북녘으로 가다가 남쪽으로 가다가

파도의 색이 한 번쯤 병색을 보일 때
아, 저게 당신이구나 하면 되는 것을

* 에스키모의 뜻

탕자의 서

— 적

*

볼펜은 귀신이 쓰던 성기의 자세로 아침에는 서 있다 저
녁에는 버려졌다

북극곰과 북극곰이 북쪽이 된 시곗바늘의 체위로

교미를 시작하는 자정까지 이 시는 최초이자 최후의 은
유를 기록하기 위해

날카로워진 성격을 가진 열두 시, 열두 편의 시들이 교
배 중이니

김수영과, 김수영과, 김수영과, 김수영과, 김수영과, 김수
영과, 김수영과, 김수영과, 김수영과, 김수영과, 나와, 김수영
이 귀신을 상대하고 있을 때

링거에서 사라졌던 노을의 점성이 느껴졌다 사라졌다

저녁은 매일매일 거세를 치르고 고음을 얻으니

머리카락이 길어진 리듬으로

리듬보다 길어지는 기도로

기도를 외웠다면 잊어버려라, 더는 순간을 가질 수 없다면

하나님보다 하얀 영혼을 찾기 위해

담배라도 피워라 담배의 수명이 짧아질 때까지

입술의 빨강과 불빛의 빨강이 서로를 더듬으며 찾을 때
까지
눈먼 사람들은 눈이 멀리 있다고 믿을 때까지

낯이 익은 과일만 껍질을 벗겨 먹는 낯익은 얼굴들을
더는 믿지 않을 더는 쓰지 않을 더는 그리지 않을
모든 자화상은 제정신을 가진 얼굴들일까?

십부터 거꾸로 세어 보세요, 십, 구, 팔을 세기도 전에
잠이 드는 얼굴과 바라보는 얼굴 사이
학교의 복도에서 몰래 나누는 누군가의 자살 소식
귓속말은 바늘에 꿴 지렁이의 징그러움이지 혀의 놀림이지
종이라면 오래 참았을
내용이지 압정이 기억하는 종이는 전부 사라진 종이들
만으로
우리는 백색의 사원을 이룩하거나
환자들의 이불 색을 가늠하거나
아무것도 먹지 않고 살아가거나
햇빛을 가리는 것이니 햇빛이 지칠 때까지

커튼으로 덮어 준 창문의 배신처럼

팔까지만 헤아렸던 믿음

베개 지펴는 긴 수술의 흔적일까 부드러움의 비밀일까

머리카락에도 연과 행이 있어서 새 둥지가 될 때까지 잠

들 수 있을까

그곳에 몇 개의 알을 낳아 부화시킬 수 있을까

그때까지 더러울 수 있을까

사람을 훔쳐보는 사람들처럼 내 모습을 훔쳐 간 그림자

처럼

영영 쓰러진 채로 살아갈 수 있을까

*

의자와 피가 통할 때까지 앉아서

내 얼굴을 볼 때

거울 속의 거울은 거울 밖의 거울을

외면하는 자의 내면처럼

호랑이를 그리려다 호랑이의 정신만 그려 버린

조선의 화백들처럼

메두사의 얼굴을 보듯이
한 가지 표정만 가진 미륵의 얼굴을
조각하는 손으로

*

혼자서 네 번의 봄을 죽였던 사춘기를 겪어 본 적이 있
는가?

*

여전히 사람을 훔쳐보는 사람들의
얼굴과 미소처럼
무서운 관계로 둘러싸인 동물원이라면
죽은 토끼란 너무 많은 시인들이 쓴 보름달의 더러움일 것
죽은 병아리의 노랑에 옮아가는 빨강의 어른스러움
죽은 개가 살아 있는 개처럼 묶여 있을 때, 목줄의 길이
가 저승까지
이어져 있을 만큼 길 때
죽은 사람이 제 이름을 쓸 때만 숨소리를 가질 때 아직

때가 아닐 때
　　지우개로 다 지우지 못한 시가
　　타다 남은 뼈처럼 남아 있을 때, 작품의 화장을 바랐던
카프카의 기분은
　　사라진 시처럼 무시당할 때
　　전부 한여름 밤의 꿈처럼

　　온몸에 달팽이가 지나갔던 밤의 허리까지 흐르던
　　얼음물 가득한 물병의 식은땀
　　꿈과 현실 사이에서 과를 뺄 때가 있다 이제 현실을 빼자
　　꿈과 꿈과 꿈과 꿈의 모습으로 기어가는
　　달팽이들 지렁이들의 느린 리듬으로
　　천천히 죽거나 천천히 사는 일이 하나의 리듬이 되고

　　그건 다리를 저는 것
　　목발에는 발목이 없다는 것처럼 거꾸로 보면 달라지는
전생
　　아이들의 얼룩진 꿈이 얼룩진 이불보다
　　더 끔찍하다 더 샛노랗다

자꾸만 11월이 되려는 마음으로 나는 물을 마셨다

내가 모르고 눈 오줌이 꿈 밖으로 흐른다면 그건 내가 가진 유일한 통로

이곳에서 나가겠다면

이곳에서 수치스러워질 것

*

내가 공허에 닿을 때까지 지우는 지우개들이

얼마나 많은 때를 밀어내고 있는지를 봐라 지금 이 때가 아니라면

그때였을까 아무 때라도 좋으니

그렇게 종이 밖으로 흩어진 글씨가 내 이름이었으면

흔한 이름을 가질수록

내가 흔하게 보일까 흔할 정도로 많아질까

천사의 시체처럼 쌓인 라틴어 알파벳처럼

죽은 글씨를 배우는 사제들처럼

내 일은 어두운 일이니 내일은 어두운 날

그래, 나는 좀 더 흔해지겠지

다리를 맞춰 걷는 북한의 군대처럼 단 한 가지 자세 때문에

미칠 수도 있겠지

    *

귀가 먹은 사람의 얼굴은 언제나 멍하니

귀의 식욕은 언제나 육식이다

듣지 않겠다고 했다가 듣고 싶어도

들을 수 없을 때 몰래 다가가는 귀를 보지 못했다

귀가 먹고 나면 입만 보았다

내 일은 그렇게 어두워지는 귀와 사는 일이다

왼쪽과 오른쪽을 골라야 하는 사상을 왼쪽 귀에서 오른쪽 귀로 흘려버려라

종이를 기울여

아직도 남아 있다고 믿는 때, 적당한 때를 흘려보내라

오타도 없이 지속되는 시는 때릴 때를 제대로 때릴 줄

아는 고문처럼

　손가락마저 놓쳐 버린 뜻이다

　달이든 촛불이든 그림자를 낳을 수 있다는 게 나의 전
생이었으니

　얼마나 많은 시가 전생을 기록하고 있을지

　화장을 지우려다 얼굴만 지웠을지

　돌아 버린 사람의 정신처럼

　완전한 자전은 언제나 지구의 바깥에만 있고

　바지의 생김새를 다리의 생김새라고만

　생각할 것이다

　생각한 대로만 쓸 것이다

　그렇게 생각한 것과 쓴 것은 끔찍한 혈연관계가 될 것이다

　그렇게 태어난 이상의

　오감도 속에서 까마귀만큼 어두운 시점을 가지게 된다면

　한국어로 생각하는 것보다

　바람으로 생각하는 서정시들이

　시집에 감금된 채 똑같은 얼굴을 가진

　사람들처럼 웃고 취하고 섞일 것이다 우울하고 아름다
운 얼굴들 앞에

하늘과 바람과 별과 나무를 닮은

이름을 가지고 살아갈지도 몰라 과연 이건 내 몸일까

등에 지퍼가 있기를 바라며 등을 만졌다

죽은 시들이 쌓인 시집을 덮었다 모든 시는 완성되는 순

간 죽을 테니

끝까지 맹목을 가진

손가락처럼 제비를 더듬어야 해, 뽑히지 않은 제비의 기

분으로 쓸 것

달걀 속에서 아직 결정되지 않은

무엇이 뼈가 되고

무엇이 살이 되고

무엇이 한숨이 되고

무엇이 닭의 울음소리가 될지

정해지는 부활절, 이빨이 드러난 식욕처럼

노른자와 흰자를 으깨는 혀로

피 한 방울 없이

서로의 축복을 빌 때

말 그대로 나는

말 그대로가 아닌 나와 무엇이 다른가
말 그대로라면 말은
왜 말처럼 쉽게 나오지 않을까

피아노의 흰 건반들이 검은 건반을 매달고, 길들여진 손
가락을 믿고
끊임없이 질주하는 말이었으면
백 년 내내 뛸 수 있는 심장으로
이어지는 활자는 모두 혈관의 구부러진 모습을 베낀 것
이다
다 베끼고 나면 죽을 것이니

많다는 것의 정의를 다시 쓰자
흰밥은 복수형으로 부르자
한 톨의 쌀을 헤아린다면 밥은 언제나 너무 많은 형식이니
나는 굶으며 살아왔다
나는 언제나 여러 사람의 얼굴을 가진 채 살아왔다
당신에게도 몇 개쯤 빌려줄 수 있다

사람의 탈을 쓰고 어떻게 그럴 수 있니?
사람의 탈을 썼으니 그럴 수밖에 없는 거울이다

시계의 목젖은 열두 시를 넘을 때마다 변성기를 겪어서
　더는 목소리가 돌아오지 않는 내가 잠시 거울 속에 들
어가서
　벙어리가 되었을 때
　사람들은 그 거울 속에서 내 얼굴을 볼 것이니
　열두 시를 넘어
　검버섯과 저승꽃이 함께 자라는 몸, 다 쓴 지방을 태우면
　한문 이름을 먹은 향불이 흰 머리카락을 치렁치렁 풀
때까지
　큰아버지의 등과 아버지의 등과 어머니의 등과 나의 등
과 어린 조카들의 등이 공동묘지를 이루는 한 차례의 절,
한 차례의 행렬로
　이름을 짓는 일은 당신들을 닮은 글자의 희생이지
　이름을 파느라 몸을 버리는 게 시인이지
　세계를 두드리는 손가락으로
　자음과 모음을 얼마나 많이 때려야 서정시가 될까 서정

주가 될까

*

손가락이 구부러진다는 것!
고통스럽게 구부러진 벌레는
더 고통스럽게 휘어진 낚싯바늘의 전생이라서
망상어는 승천하듯 끌려와
흰 종이에 그림자 하나를 남겼다 그림자를 처음 가져 본
어탁은 화선지에 돋은 소름이 되었다
종이에 들러붙은 비늘이 되었다
저 혼자 떨 줄 아는 목젖이 되었다
돛과 닻과 덫에 걸린 휘파람이 되었다 늙을 때까지
생선 목을 자르던 할머니의 고무장갑처럼
탱탱 부어오른 손가락의 일은
식물을 닮은 피아니스트의 손가락과는 다른 일을 하고

*

흰자를 보이던 알전구가 나갈 때까지
사랑하자, 사랑하자 말하자

죽은 물고기를 보면서 물고기라는 한국어를 외운
할머니의 손녀라든가
할머니의 전생이라든가
할머니의 할미꽃이라든가
악연처럼 들러붙는 할머니의, 할머니의
하는 소리들과
바다 냄새와 피 냄새가 닮은 도마는 언제부터
죽은 나무였나, 피 맛을 알았으니

*

예수는 언제까지 못 박혀 있는 것일까
부처는 언제까지 앉은뱅이로 보일 작정일까
당신은 언제까지 인간적으로 살 생각인가

물음표가 마른 우산처럼 바닥을 짚고 서 있는 손잡이일 때
우기를 기다리는 세렝게티의 동물들처럼
울어라, 울다가 생긴 게
기도라면 웃다가 사라진 게 배꼽이었다
킬킬거렸다, 쓰면 끔찍한데

우리는 전부 킬킬거리고

흰자를 사랑해서
환자들은 전부 흰 옷을 입고 있는 거지
입을 닫고 있는 피아노의 공복감은 낮은 라의 힘
흰 것들을 사랑해
정신병원은 잠이 든 슬리퍼를 깨우는 슬리퍼로 가득하고
온통 흰 눈으로
흰 거품을 물고 밤을 지새울 때
사람의 눈은 얼마나 쉽게 뜨거워지는지 몰라
얼마나 쉽게 식어 버리는지 몰라, 왜 눈도 눈이라고 부르
는지 몰라

    *
병에 든 약이 오래되자
병에 든 약이 되었다는 건 한국어로 해야 해
흡연은 두 줄이면 충분하니, 담배는 열차의 속도로 미친
철로의 혼처럼 급하고
나는 몇 번의 마찰 끝에 흰 영혼을 보여 줄 수 있지

그러나 사라지지 않아 몸을 버리지 않아

귀신의 뼈로 만든 허수아비가 이 세상에 발목을 묻고 있듯이

그렇게 거대한 이빨을 다 드러내고

참새의 혼을 뜯어 먹는 것처럼

가을은 가고

겨울은 시체의 온도라서

밤새 고드름은 송곳니가 길게 자란 흡혈의 천성을 보여주었다

십자가가 된 허수아비라도 어둠 속에

처박혀 있는 나날들

침대와 주인이 몇 번이나 몸을 바꾸었는지 몰라

둥지를 지은 머리카락 속으로

알이 알을 이 세상까지 밀어내는 일처럼

첫 경험이 아파서

첫 경험만 하고 있다

빗소리를 그리려는 첫 경험으로
세계와 부딪히는 첫 경험을 하는 사람들은
부다페스트의 야경 속으로
뛰어내린 글루미 선데이
성경은 많은 시인들이 묻힌 묘지였다 검고 단단했다
햇빛과 바늘이 한통속이 될 만큼
헝가리의 시내는 추웠고
나는 내 나이의 피가 얼마나 흐린지 알고 있다
입맛이 없어도 피 맛은 알고 있다
모든 순교자들은 꽃의 높이로 태어나 노을의 깊이로 죽
는 고래라고
알고 있다, 구도자는 속을 다 내보이는 우산처럼
조금 전의 물음표를 가졌다

*

수많은 음악의 재생처럼
윤회할 것

*

한국어가 많이 들리는 카를교에서

죽은 비둘기를 뜯어 먹는 비둘기들을 보았다

손가락뼈처럼 차가운 담배를 물었다

사람들이 많아지면

나도 많아지는 것 같아

태양의 시력이 떨어질 때 죽은 새들도 떨어지지

한국어가 아닌데 한국어처럼 들리는 시가 들렸다, 지나가는 사람들 속에서

지나가지 않은 당신의 목소리를 들었다 그렇게 들리는

영어였다 지나가지 않는 것들은

잠시 멈추었고

표정은 얼굴을 구기는 짓이니까

많이 구겨진 종이일수록 멀리 날아갈 수 있어

김치와 치즈는 구식이었지만 우리는 김치와 치즈만큼 얼굴을 찡그렸고

새들이 죽은 새들과 함께 막 던져진 휴지처럼

날고 있다 풍경이 놓쳐 버린 풍경들을 지나칠 때도

사람보다 배경이 더 중요한 카를교

담배꽁초와 죽은 예술가들의 수가 같은 다리 위에서 시가

태어나는 모습을 보았다 시는 어쩌다 저런 몸으로

태어났는지 무릎과 어깨를 구부린 조각상이

구걸을 하고 있다 믿었다 조각상의 성기가 금처럼 빛날

때까지

사람들이 성기를 만지고

한 사람이 지나가고 두 사람이

지나가고 세 사람이 지나가고

죽음이 지나가고

당신이 지나간 후에

연필이 날카로워질 때를 막 알게 된 것처럼

글씨체가 뚱뚱해진 것처럼

아무리 눌러써도 깊어지지 않는 어둠 끝에

종이의 뒷면이 들여다보이는 것처럼

뒷면이 탄생한다는 사실처럼

조각상이 구부린 무릎을 펴고 일어나서

시 속으로 들어갔다

그때부터 구두의 목소리가 뒤집혔다, 밑창을 다 벌린 입처럼

벙어리들의 목소리는

고양이 몇 백 마리가 우물 속에서 허우적거리는 것

고양이의 목을 누르던 손과

손등의 핏줄이 점차 가라앉는 일과 같았던

프라하의 새벽, 예수의 십자가는

언제나 사람보다 높은 곳에 있고 죽어 가는 담배를

입에 문 여자들은

두 개의 표정을 가지고

낮이 끝나 버린 낯을 가지고 도로로 나왔다

당신의 몸이 되기 전에

자유의 몸이 되고 싶다고

고양이의 몸이 되는 게 낫지 않을까? 고양이 두 마리가

바이올린 케이스에서 묵었다

*

그림자들의 성별과

국적을 알 수 없는 뻐꾸기시계에서

뻐꾸기가 서른 번을 튀어나왔다 서른한 번째에
시계를 창밖으로 던져 버렸다 시간이 잘못되면
시계가 잘못되는 시간이다
네 시집에 살고 있는 새들의 종류를 알 수 없는 밤
십자가들이 빛나기 시작하는 밤
불면과 불편의 뜻이 같아진
어둠과 함께 어둠이 아닌 것들을 찾자고
구두가 먼 나라의 화물선처럼 여독을 풀고 있다

        *

　사람들이 검은 바둑돌과 흰 바둑돌처럼 툭, 툭 함부로
몸을 놓고 가 버린 장례식장에서 몸을 놓은 적이 없는 고
인과 잔을 부딪치듯 혼을 부딪치고 있지
　얼이 빠진 여래상과 혼이 나간 사람들의 머리는 끊임없
이 돌고 도는 염주다
　시계는 끊임없이 자전하고
　세계는 끊임없이 썩어 가고

　벌레 먹은 사과는 많아도

사과 먹은 벌레는 없는 한국어의 정신병을 예로 들자면
나의 개가 앉아라는 말과 관계를 할 때
개처럼 할 때
손이라는 말과 관계하지 않을 때
손을 두 번 넘게 말할 때 손을 내밀 때
발을 내밀 때

나의 한국어는 개의 한국어인지 나의 개소리인지

우리는 무슨 말인지 몰라 말하는 사람들 중에
우리는 몇 명까지인지 세계의 전부인지
몇 명까지 가둘 수 있는가, 이 세계에서

뒤로 찬 수갑은
인과관계처럼 끔찍한 인간관계처럼
마음을 가릴 수 없는 것

화장실 벽에 검은 입술이 늘어나고 있다 검정 사인펜으로
죽죽 그어 버린 손목이 늘어나고 있다

음악을 왜곡하는 메트로놈처럼
글씨로도 자화상을 쓸 수 있는가

*

귀신은 생전의 자화상이 미워서 비 내리는 날
종교보다 많은 웅덩이를 가졌다
얼굴 하나 비춰 볼 수 없을 만큼, 날이 흐리면
나도 흐렸다

꽃잎이 찢어지는 긍정과
꽃잎이 찢어지는 부정을
수없이 거치고
정해진 사후

무릎이 찢어진 청바지와 무릎이 찢어진 사람만큼
세계에 부족한 언어를
한껏 내쉬는 노인, 산소호흡기로 흰나비 몇 백 마리의
전생이 지나갔다
목이 풀린 수도꼭지 끝에 목젖이 달려 있듯

뚝, 뚝 침을 떨어트리다
뚝, 뚝 마침표 몇 개가 옷깃을 다 적시고
추하게 와서
추하게 갔다

여섯 시가 되면 가로등을 재우는 태양이 뜨고
일곱 시가 되면 두 손을 모으고 기도를 하고
여덟 시가 되면 알람이 울었다 나는 알람이 울기 전부
터 울고 있다
아홉 시를 썼다

검은자

씨앗에는 무덤의 형식이 필요해요

새장에 갇힌 새와 새장에 사는 새의 혈액형이 다른 것처럼

당신의 백혈병이 피가 하얗게 변하는 병이라면
머리카락 몇 줌이 빠진 백야라면, 모든 글씨들과 검은
새들이
더럽힌 순결이거나
내일을 다 써 버린 일기처럼

시를 쓰기도 전에 눈동자의 검은자를 다 써 버렸으니
오늘도 거울이 먼저 낯을 가려요

부처가 미워하는 불상의 얼굴이나
사람이 사용한 적 없는 이름 따위를 생각하는 일은
인간보다
인간적인 베개가 편해진 후 생긴 첫 번째 증상입니다

이제 무덤에는 임신의 형식이 필요하고

흰 이불로 몇 번이나 얼굴을 덮어 보는 당신의 마음과
뼈는 몸속에 있으니 따뜻하겠죠?

숨쉬기가 점점 힘들어질 때는
하모니카로 숨 쉬는 법을 배웠으면 좋겠어요, 당신은 모
국어를
외국어처럼 말하는 법을 알고 있으니

오늘은 입을 열 때마다 몸속에 안개가 차는 날씨에요

연옥의 시
— 빅 브라더의 시대가 끝나고

전화가 울릴 때 전화를 울리는 감정을 느낄 때

배를 누를 때만 혼잣말을 하는 인형처럼 나 혼자 침묵
하자
석양은 피멍이 든 무릎으로
지평선에 꿇어앉은 거인의 것, 누구에게도 말할 수 없는
비밀들을

1인분의 감정을 쏟아 내자
수백만의 황소들이 시체를 남겨 놓은 것 같은 사막의
가운데
갈비뼈가 갈비뼈를 밀어내는 움직임으로

네가 없어도
면도날에 낀 수염처럼 마치 그곳에서 나고 자란 것처럼
사춘기를 맞았다

죽은 봄의 기록은
새가 죽어 갈수록 새장이 현악기를 닮아 가는 비참함

내가 든 꽃병을 내가 엎지르는 쓸쓸함
귤 대신 귤껍질이 늙어야 하는 비유
눈으로 숨 쉬는 해골의 호흡법
변하지 않을 노랑의 성격과 배가 맞은 노랑
끝에 있는 태양의 끝을
지나는 것들을

있는 힘을 다해서 없어진 창문을

두드리자, 통기타를 고요한 낙타의 등짝처럼 두드리자
몇 사람의 무어인들이
호우호우, 소리를 지를 때까지
미운 정만 든 의자들이 의자와 다른 자세가 될 때까지
걸음을 잊은 그대여

어둠을 일곱 번 접으면 밤이 되고 어둠을 열 번 접으면
불법이니
어둠을 있는 대로 구기면 내가 될 것이다

뜨거워진 나방들이 아침마다 몸을 내려놓고 태양 속으로 숨는 것처럼

죽을힘을 다해 죽는 것과
온 힘을 다해 사는 것이
다르지 않은 것처럼 몸을 뒤척이자

가고 있는 시계

의자는 다리가 있어도 바퀴가 필요해

리코더의 숨소리를 막고 있는 손가락들과
정해진 건반과
정해진 계이름
불을 끄면 사라지는 창문 앞에서
함께 사라진
당신의 다리는 안녕한가요?

외로운 것들은 언제나 둘인 법이니까, 차가운 태도라면
얼음의 권력이란 외로움에서 나오는 걸까
멸종하고 있는 성냥들이
외로움을 거칠게 지나쳐 죽을 줄을 안다면
바퀴를 거칠게 굴려 봐
그건 시계로 잴 수 없는 손목의 둘레 같은 거

나의 시는
언제나 초침의 예감을 따라 이동했어, 긴 노동 끝에
끌려오는 분침과 한 시간을 몸부림쳐서

다섯 걸음을 끄는 시침보다
느린 재활 치료

잠이 든 내가
잠이 든 당신이 괄호를 비워 내는 것을 보았을 때
생각으로 죄를 짓는 일은 얼마나 쉬운 일인지
내 입술 뒤의 이와
피아노가 드러낸 이빨은 얼마나 비슷한지
본 적도 없는 당신이 볼 수도 없을 이야기를 만들 수 있
다는 거

아무 감정도 없는
피아노 선생의 손을 덥석 잡아도 될 거 같아
사람들이
달에 유배시킨 감정처럼

개들이 평생 목줄과 혈관을 헷갈리는 감정을
계단 앞에서 멈춰 버린
바퀴와

그 전에 멈춰 버린 다리를
초침이 수전증에 걸린 당신의 손가락으로
7층을 가리킬 때
더 빨리 내려갈 수 있을 거라고 생각할 때
더는 쓸 수 없어서
쓰지 않아도 거뭇해진 무릎을 씻으며
쓰지 않아도 되는 것들을
쓴 흔적들처럼
비누의 순결을 믿는 감정이
죽은 글의 전생이라고 믿는 감정과
같은 거라고 믿었어

나는 원래 두 사람이었다

우산은 갈증을 앓고 있다, 인간의 수만큼 많은 빗방울들이
질긴 몸으로 떨어지는데
그림자에 물을 주면 그림자가 자라니?
굴속보다 글속이 더 어두워서 나는 흐린 날에만 겨우
존재하고 있다

아름다움을 위해
신은 있다, 없다, 있다, 없다, 있다, 없다, 있다, 없다고 꽃
잎이 다 뜯긴 꽃
꽃이 죽을 때까지 나는 자학과 피학을 오가며
살았다, 희박하게라도

말해 준 사람은 아무도 없었다, 목이 늘어난 티셔츠의
자연사와
나비의 몸무게가 없다는 사실
나방과 모방과 해방을 모르는 가로등처럼

때로 내가 넘쳐흐른 적이 있다

탕자의 서 2
— 네 번째 달

죽은 벚꽃이여, 봄과 밤의 모음으로 숨을 쉬어라

사물이 보이는 것보다 가까이 있는 세계

\-

검은 돌의 식민지는 흰 돌이다
나는 말을 다 잃었고

혀에 염증이 생겨서 하는 말이 다 아프고
먹는 게 다 아프다
나아 가는 중이다, 나아 가는 중이다

\-

비가 내렸다
유리의 일이라서 나는 메말랐고
날짜 지난 신문지의 구김살을 펴려고
손바닥을 폈다
메마른 손금이 저마다의 길이로 흐르는 창문으로

비치는 얼굴과
버려진 얼굴

\-

염증이 하얗게 일어나서 하얗게 가라앉았다

하얗게 보이는 종이를
누이고 하는 일

고양이의 중성화처럼
당연한 일로
하루를 보냈다 하루만 갔다

인공 언어 제작자, 지구—헵타포드의
비정한 세계의 기록

임지연(문학평론가)

지구—헵타포드, 언어의 자기증식 인공 관절

김준현의 첫 시집 『흰 글씨로 쓰는 것』은 지구에 살아
가는 익숙하면서도 낯선 변종 인간의 자기 기록이다. 김준
현의 이 낯선 기록은 서정시의 문법인 자기 고백이 아니라,
환유적인 자기 기록에 가깝다. 고백이 청자에게 자기 내면
을 속삭이는 말하기 행위라면, 기록은 특정 내용을 독자에
게 전달하기 위한 쓰기 행위이다. 이 시집은 쓰기에 대한
기록이며, 쓰기 주체의 수행성과 쓰기 과정의 비밀에 대한
기록이다. 왜 김준현은 쓰기 주체의 행위와 언어에 집중하
는 것일까? 이 시집은 의미의 해독을 쉽게 허락하지 않는
다. 시를 해독하는 비밀 열쇠를 깊이 숨겼거나 아니면 분해

해서 시집 전체에 흩뿌려 놓은 것처럼 보인다. 아니면 처음부터 비밀 열쇠는 없으며, 그는 그저 허심탄회하게 쓰기의 과정을 기록하고 있을 뿐인지도 모른다. 왜냐하면 인간과 함께 살지만 인간과는 다른 변종 인간의 언어와 감각을 그는 갖고 있기 때문이다.

나는 김준현의 시적 주체를 지구—헵타포드라고 부르고 싶다. 헵타포드는 SF 작가 테드 창의 소설 「네 인생의 이야기」에 등장하는 외계 생물로, 일곱 개(Hepta)의 다리(Pod)를 가졌다. 그것은 지구어와는 다른 비선형적 언어를 가지며, 말하기와 쓰기 시스템이 다르다. 원인—결과, 시작—끝, 탄생—죽음, 우연—필연을 이분화하는 지구적 체계와 달리 동시적인 사유를 하는 외계 존재를 일컫는다. 김준현의 언어는 일반적인 서정시의 언어와 다른 시스템을 갖는다. 지구—헵타포드인 그는 언어에 자기증식적 인공 관절을 장착하고 끊임없이 확장할 수 있는 능력을 가졌기 때문이다. 또한 그는 인간의 공통 감각에 기초하지 않는다. 사랑, 고통, 슬픔, 쾌락과 같은 인간의 공통 감각에 공감하는 시를 쓰지 않는다. 그의 탈인간적인 태도는 오래되고 익숙한 인간의 영토를 내재적으로 거절하는 방법이다. 그는 다른 별에서 온 일곱 개의 다리를 가진 외계 존재는 아니지만, 인간 세계에 존재하는 내재적 변종은 틀림없다. 김준현의 지구—헵타포드가 만든 인공 언어 세계는 초월적이지 않다. 지구적 언어와 공존하면서 미세하지만 분명하게 다른 이질적인 것을 덧댄다. 그의 언어는 모국어이되 인공 언어이며, 그의 시집은 헵타포드라는 이질적 존재의 세계를 기록한 것이라고 보아도 좋을 것이다.

먼저 김준현의 시의 조어법부터 생각해 보자. 그의 시적 발생은 언어 그 자체에 있다. 언어가 언어를 낳고, 의미가 의미를 낳으며, 알 수 없는 종착지로 구불구불 나아간다. 언어에 인공 관절이 장착되어 있는 것처럼 말이다.

> 개인적으로 아는 사이처럼
> 우리는 이태리와 이탤릭체의 관계를 가졌다
>
> 자연스럽게 몸을 생각했지만
> 몸을 감각하지 않는 시는 뒤에서부터 지워 나갔다
>
> 그림자를 면도하는 기분으로
>
> ──「0.5」에서

의미를 쉽게 허락하지 않는 이 시는 김준현이 장착한 언어의 인공 관절이 어떻게 작동하는지 잘 보여 준다. 이 시의 정황은 "논문"을 읽다가 현실을 "글자가 수용소의 유대인처럼 늘어선 세계"라고 판단하면서 윤동주가 살았던 시대를 중첩시키고, 윤동주와 나에 대해 "우리는 개인적으로 아는 사이인가"를 물으며 전개된다. '개인적 사이'는 "이태리와 이탤릭체의 관계"에 있다. 개인적으로 아는 사이란 "이태리"와 "이탤릭체"의 관계라는 것인데, 이는 필연적 논리가 아니라 우연적으로 맺어지는 관계를 말한다. 그럼에도 이태리와 이탤릭체는 이태리를 의미의 공통분모를 가지며 발랄하고 가벼운 놀이로 이어진다. "이탤릭체"의 "체"는 "자연스럽게 몸을 생각"하는 연쇄반응을 일으킨다. 그리고 아우슈비츠 수용소 같은 시대의 시는 "몸"을 감각하지 않는 시를 "뒤에서부터 지워 나"간다. "뒤"라는 말은 사람 뒤에 붙어 있는 "그림자"로 연접되고, "그림자를 면도하는 기분"으로 "지워 나"가는 행위가 실행된다. 그렇다면 이 시는 수용소의 유대인처럼 늘어선 세계라는 시적 주체의 부정적 판단으로부터 시작하여 '개인적으로 아는 사이—이태리와 이탤릭체의 관계—자연스럽게 몸을 생각—몸을 감각하지 않는 시—뒤에서 지워 나갔다—그림자를 면도하는 기분'으로 연쇄적으로 접합되면서 뻗어 나간다. 언어는 우연적이지만 개연성이 있고, 의미의 묵직함을 지속시키면서도 어린아이의 가벼운 말놀이처럼 생성된다. 이 과정이 김준현의 자유롭고 유동적인 언어의 인공 관절이 운동하는 방식이다.

김준현은 언어를 환유적으로 생성한다. 환유는 인접성과 차이의 원리로 구성되고, 모방이 아니라 감염에 의한 주술성을 띠며, 사물을 몽타주로 압축하는 대신 사물을 클로즈업하면서 통합한다. 이 시집의 큰 특징인 환유는 시적 세계관이 차이의 미학에 기반해 있으며, 언어의 결합이 얼마나 우연적이며 구조적이며 생산적인가를 알게 한다. 라캉은 환유를 결여를 통한 욕망의 생성과 이동으로 정의했지만, 김준현의 환유는 결여가 아니라 활달한 기계 이미지를 통해 의미를 증식하고 이동시킨다. 여기서 기계 이미지란 인간 소외나 모방의 단순함을 넘어선다. 도나 해러웨이가 기계들은 생기가 넘치고 인간은 너무 무기력하다고 한 바 있는 것처럼, 기계 이미지는 인간주의를 넘어서는 생기적 유물론의 이미지를 갖는다. 김준현 시의 환유적 연쇄는 복잡한 기계 장치처럼 발랄하게 접합되고 확장된다. 그는 지구어를 "나밖에 모르는 외국어"로 인식하고, "모국어를 외국어처럼 말하는 법"을 아는 지구―헵타포드적 주체라고 할 수 있다. 간혹 김준현의 시가 해독되지 않을 때 환유적 연쇄반응으로 언어를 따라가다 보면 시적 구조와 의미의 이동 경로가 조금은 보일 것이다.

> 양말의 전부는 양말이 뒤집힐 자유 발톱에서 발톱의 색
> 을 벗기면 속이 다 보이는 사람처럼 벗기고 싶은 마음과
> 벗은 마음의 모양이 다르다 한 사람의 발에서 함께 자란
> 발톱의 길이가 다 다르다

　　(중략)

고구마는 어두운 곳에 두어야 한다는 엄마의 말이
남아 있는 건 고구마가 자랐기 때문이고

고구마의 몸을 뚫고 자란 싹들이
고구마를 더 살게 한다면

나는 어두운 곳에 있어야 했다 나는 고구마와 다르고 생선
과 달라서 생선이 상하면 생선의 냄새가 나고 기분이 상하면
기분의 냄새가 나는 것처럼 집보다 집이라는 말이 더 가까운
지면에서 나는 입을 벌리고 같은 말을 쓰고 또 쓴다 같은 말
들이 다 달라지고 있다

—「쓴 것과 쓰는 것」에서

이 시의 제목은 「쓴 것과 쓰는 것」이다. 쓴 것과 쓰는 것
은 모두 '쓰기'에 해당된다. 그렇다면 왜 쓰기인가. 김준현
의 시는 첫 시집을 내는 다른 젊은 시인들과는 달리 자기
정체성에 의문을 품지 않는다. 시집 곳곳에 "거울"을 포진
시켜 놓았지만, 그것은 내가 누구인지를 확인하려는 강박
적 장치가 아니다. 그는 자기와 근접한 세계를 자기만의 인
공 언어로 새롭게 구성하는데, 시적 주체는 자기가 헵타포
드적 존재라는 사실을 알고 있다. 그러니 굳이 거울을 통
해 자기를 확인할 필요가 없다. 단지 언어를 통해 자기 세
계를 구축하려고 할 뿐이다. 따라서 쓰는 행위, 쓰기의 수

행성, 언어의 운동성이 부각될 수밖에 없다. 그가 쓰기에 관심을 기울이는 이유이다.

이 시는 김준현 특유의 자기증식적 인공 관절의 운동성과 왜 쓰는가라는 시인의 비밀을 엿볼 수 있게 하며, 심지어 구성적 아름다움과 종횡무진하는 언어의 활달함으로 가득하다. 시인은 쓴 것과 쓰는 것의 차이를 집요하게 묻고 대답한다. '양말─발톱─벗다'로 연쇄 반응을 일으키는 자기증식적 환유의 인공 관절을 장착한 채 응답한다. 같지 않다고 말이다. 혹은 다르게 같다고 말이다. 양말을 벗기고 싶은 마음과 벗은 마음은 어떻게 다른가? 양말 속 발톱의 길이를 보면 알 수 있다. 발톱의 길이가 다른 것처럼 양말을 벗기고 싶은 마음과 벗은 마음은 분명하게 다르다. 고구마는 어두운 곳에 있어야 하는데, 그것은 엄마의 말 때문이며, 하지만 고구마는 자랐기 때문에 역으로 엄마의 말이 성립된다. 언어는 꼬리에 꼬리를 물면서 증식되고, 마침내 맨 처음으로 환원된다. 그러나 언어의 고리는 은유가 아니라 환유에 의해 엉뚱하고 발랄하게 이어진다. 이 시에서 시적 주체는 어두운 곳에 있었다고 말한다. 나는 고구마와 다르고, 생선과 다른 존재이다. 그럼에도 질적으로 다른 층위의 차이를 말하는 것이 아니다. 양말을 벗기고 싶은 마음과 벗은 마음은 동일성을 포괄하기 때문이다. 그는 그 미세하고 섬세한 차이를 동일성을 배제하지 않은 채 묶어 낸다. 그것이 "같은 말을 쓰고 또 쓴다"는 이유이고, "같은 말들이 다 달라지고 있다"는 차이의 세계를 구축하는 동력이다.

비공동적 '둘'의 세계, 탈인간적 시적 주체의 세계관

김준현의 차이의 미학은 복잡하고 역설적이며 순환적이다. "같은 말을 쓰고 또 쓴다"는 행위와 "같은 말들이 다 달라지고 있다"는 효과는 분리되어 있지 않기 때문이다. 같은 말을 쓰는데 쓰다 보면 달라지고, 달라진 말은 어느새 같은 지평 위에 있음을 알게 된다. 이상하고 아름다운 도깨비 나라의 글쓰기 같다. 시집은 일관되게 차이와 동일성의 비변증법적 순환을 변주한다. 음과 악의 세계, 흰색과 검은 색의 반복, 달걀과 이어폰의 구조, 면과 벽 같은 쪼개기 언어 조립법으로 전개되고 증식된다. 이는 '둘'의 세계라고 할 수 있다. 차이와 동시에 같음이 내재된 세계는 비공동적 공동체를 형성한다. 이 시집은 주제곡과 변주곡의 대향연과 같다. 그에게 '둘'은 공동체적인가? 물론 그렇기도 하고, 그렇지 않기도 하며, 그 둘을 모두 함축하기도 한다.

두 갈래로 나뉜 이어폰이
귀와 귀로 이어져 있다

귀와 귀가

어긋나는 젓가락처럼 어긋나는 가락처럼

다른 귀와 닮은 귀

속으로 향하고

속으로 들려서

속으로 이어지는 두 가지 감정을

하나의 감정으로

믿고 사랑하다가 죽겠다고 말하는 단 하나의 감정으로

이어진 별자리처럼

쌍둥이자리에서 손잡고 있는 두 아이의 시체를

이어 주는 상상력으로

믿고 사랑하다가 죽은 사람들에게 속으로 빌었다

(중략)

이 두 글자에 매달린 음악을 막으려고

비를 피라고 썼다 피를 미라고 썼다

아름다움으로 아름다움을 덮으려고 썼다

살아가는 것과

살아 있는 것과

살아 내는 것을

살아가는 자들은 가고

살아 있는 자들은 있는 세계

―「둘의 음악」에서

　이 시는 김준현의 독특한 세계 인식, 즉 '둘'의 세계를 핵심으로 다룬다. 김준현은 시각, 후각, 미각, 촉각과 같은 인간의 감각을 지향하지 않는다. 인간의 감각은 몸 주체적 지평이나 타자와의 접촉을 열어 주는 실체인데, 김준현의 감각은 최소화되어 있으며, 인간적 범주에 있지 않다. 그럼에도 김준현에게 귀―청각은 특별한 것이다. 그의 등단작 「이끼의 시간」부터 귀 이미지는 강조되었다. 그에게 귀란 무엇일까? 궁금하지 않을 수 없다. 「둘의 음악」을 읽어 보자. 귀는 두 개다. 복수적이다. 그런데 이때 귀는 외부적인 것을 듣는 기능을 하지 않는다. 일반적으로 청각이란 외부의 것을 내부화하는 감각기관이다. 그런데 김준현에게 귀―청각은 생물학적 기능과 목적에 부응하지 않는다. 두 개의 귀는 어긋나 있으면서 대칭적이고, 다르면서 닮아 있으며, 두 개의 감정이면서 하나의 감정을 만든다. 이어폰 역시 마찬가지이다. 외부의 소리를 잘 듣기 위한 것이라기보다 귀의 존재론적 구조를 설명하는 사물이다. 두 개이면서 하나의 줄로 이어진 형태는 귀의 구조와 동일하다. 김준현의 시는 차이와 동일성의 비변증적 동시성을 지향하는데, 귀는 그 시학의 핵심적 역할을 담당한다. 귀와 귀는 같은 모양이고, 둘의 관계에 있다. 두 귀는 같은 것인가? 다른 것인가? 그 것은 김준현이 사랑을 어떻게 이해하는지와 같은 맥락에 있다. 적어도 김준현은 사랑 애호자가 아니다. 시적 주체는 "사랑, 나는 이 글자를 막자고/ 들었다"고 말한다. 사랑이 둘의 하나 됨, 동일화와 융합을 원리로 하는 것이라면, 김 준현은 하나로서의 사랑을 거부한다. 속으로 향하지만 어 긋나는 젓가락처럼 다르면서 닮은 것이 귀의 방식이라고 할 때, 김준현은 하나로서의 사랑이 아니라 둘의 (비)공동 성을 지향한다. 그래서 "비를 피라고 썼다 피를 미라고 썼 다"는 쓰기 행위로 나갈 수밖에 없다. 비/피/미는 하나로서 의 사랑의 범주에 넣을 수 없는 것이다. 비공동적 둘의 세 계 안에서 그것들은 다르거나 같게 존재할 수 있기 때문이 다. 이처럼 귀와 이어폰은 '둘'의 세계를 생성하는 감각으 로 작용한다.

　'둘' 삼부작이라고 부를 수 있는 작품 「둘의 언어」, 「둘의 음악」, 「음과 악」은 차이를 전제로 한 '둘'의 공동체가 집중 적으로 표현되어 있다. 일반적으로 둘은 사랑의 공동체를 이룬다. 둘은 나와 다른 타자성과 관련된다는 점에서 융합 적이다. 사랑은 타자와의 연대, 공존, 접합, 놀이로서 주체를 자아의 감옥으로부터 해방시킬 수 있는 외부적 힘이다. 그런데 김준현은 융합적이든 비융합적이든 '둘'을 사랑의 관점에서 바라보지 않는다. 그의 시에서 '둘'은 다름과 같음이 물리적 운동을 하는 것처럼 뒤섞여 있다. 그것은 동시적일 수도 있고, 부분적일 수도 있으며, 공존할 수도 있다. 김준현 시집에서 가장 두드러진 언어 현상은 말놀이이다. 발랄하고 난해한 언어의 쪼갬, 덧댐, 연쇄, 접합 현상은 시집에 흘러넘친다. 그의 낯선 방식은 그 자체로 김준현의 시적 구조이고, 미학적 개성이다.

세계는 두 사람의 것인지도 몰라, 비가 내린 다음 날
세계는 천천히 식어 가고
세계는 겨우 두 글자로도 쓸 수 있지

(중략)

이제 우린 둘이다 사람을 자주 바꿔 가면서 나는 둘이
되었다.
　　　　　　　　　　　　　　　　　　—「음과 악」에서

이 시에 의하면 시적 주체는 세계를 두 글자로 충분히 함축하여 쓸 수 있다. 두 글자는 "집단적"(음/악)이기 때문이다. 시적 주체에게 모든 글씨는 집단적이다. 그래서 "나는 많은 글자를 썼고 나도 그 중의 한 글자만큼 집단적인 감정"을 가지게 된다. 김준현의 인공 관절 조어법은 언어를 끊임없이 둘로 나누어 의미를 탈각하고, 새로운 언어를 증식시킨다. 둘의 세계는 집단적이지만 동질적이지 않다. 그의 언어는 둘로 쪼개지고 다시 이어져 증식하지만, 같은 동심원을 공유하는 파문처럼 동일성의 공동체를 구성하지 않는다. 그것은 다른 시에서 흰자와 노른자, 검은돌과 흰돌, 글씨와 종이, 쌍둥이 별자리, 지퍼, 귀와 같은 이미지로 변주된다.「흰 글씨로 쓰는 것」을 이 시집의 표제작으로 삼은 것은 '흰 글씨'가 시집 전체를 구조화하는 핵심 장치이기 때문이다. 김준현은 검다/희다, 글씨/종이의 대립 쌍으로 비공동체적 '둘'의 세계를 구성한다. 그는 마치 건축가처럼, 바둑 기사처럼, 혹은 인공 기계 장치처럼 미학적(인공적) 자기 세계를 만든다. 최근 이러한 감각을 보여 주는 시인을 본 적이 없다. 2000년대 미래파 시인들의 철학적 입장을 이어받았으면서도, 언어를 기계 장치처럼 쌓아 올리고, 비인간적 감정을 예각적으로 드러내는 시인은 드물다.

　김준현의 시는 과감하게 비인간적, 혹은 탈인간적 감정을 드러낸다. 김준현의 시는 소위 인간적인 것, 휴머니즘적인 가치와 거리를 두고 있다. 인간적 감정, 인간적 감각, 인간적 시선, 인간의 윤리, 인간의 제도에 대한 긍정적 관심이 희박하다. 따라서 인간에 대한 공감을 최대한 배제한다. 김준현 특유의 비―인간적 능력은 그의 특이성과 가능성을 발견하게 하는 결정적 미덕으로 작용한다. 그의 시는 언어의 투자량이 많은 편인데, 그 많은 언어 안에 인간적인 것을 포함시키지 않는 이상한 능력을 갖고 있다. 그의 시 어디에도 인간의 생로병사, 희로애락의 감정에 공감하는 시는 없다. 동시에 자연에 대한 어떤 감정적 투사도 하지 않는다. 사랑과 고통에 공감하는 시도, 인간적인 것이 투영된 자연 묘사도 없다. 이는 김준현이 비—인간적 감수성을 지닌 지구—헵타포드의 감각을 갖고 있기 때문이다. 그의 비—인간적 태도는 오래되고 안정화된 인간의 영토로부터 탈주하려는 시적 방법이라고 볼 수 있다.

김준현의 시에서 비—인간적 지향은 죽임에 대한 입장으로 나타난다. 자연적 죽음이 아니라, 죽임 또는 살인의 욕망이 시의 기저에 흐르고 있다. 살인의 의도가 어디에 있는지 분명하지는 않지만, 오래되고 낯익은 인간적 범주에 대한 강력한 거부의 욕망 때문으로 보인다. "이제 우리는 한 번도 들어 본 적 없는 노래를 듣기 위해 사람을 죽여야 할 때가 왔습니다"(「빛의 외도」)라는 구절은 의미심장하다. 죽임 또는 살인은 한 번도 들어 본 적 없는 새로운 노래를 들을 수 있게 하기 때문이라는 것이다. 한 번도 들어 본 적 없는 새로운 노래는 부르는 자가 아니라, 듣는 자의 것이다. 어떻게 들을 수 있을까? 이때 살인의 행위가 요청된다. 드물지만 간혹 그의 시에서 살인자의 시선, 살인을 관망하는 것 같은 태도를 느낄 수 있는데, 그것은 완전히 새로운 노래에 대한 강한 욕망의 표현이다.

1
밤은 딸 가진 사람들과 같은 처지다

2
아파트마다 불 켜진 집을 세어 보면
그 총합이 거기 사는 사람들의 수를 넘을 때가 많다
가족마다 잠들지 못하는 사람이 한 명씩 있어

어둠의 성격은 죽은 가로등의 개수에 따라 자주 바뀌고

눈치 보면서 책을 읽다가
그래, 귀족은 갑자기 목이 잘리는 삶을 살다 가는 자들이니
그걸 읽고 고양이 대신 머리를 길렀어
마스카라로 무거워진 눈썹을 들다가
잠이 들 때

사람마다 각자 혁명의 시기가 주어진다 더는
사랑하는 사람의 맨발을 쥘 수 없는 시간

3
물에 불은 책

죽은 사람의 신발에 묶인 신발 끈

부푼 손

기타를 막 배우고 생긴 굳은살

고양이가 다리를 절며 걷던 동네, 담벼락

깊고 추한 낙서들과 낙서들이 얼크러지는 밤

혼자 자는 천성

그중에서도

나는 오래 자라는 생머리가 부러웠다

4

신발을 벗기고

긴장한

신발 끈을 푼다

　　　　　　　　　　　　　　—「나의 알리바이—묵비권」

　이 시는 섬찟하다. 일반적으로 '알리바이'란 특정 사건에
서 용의 선상에 있는 자가 자신이 범죄와 무관함을 증명하
여 무죄를 입증하는 방법이다. 그러나 이 시를 읽어 보면
시적 주체는 자신의 알리바이를 분명하게 제시하지 못한
다. 혹은 제시하지 않는다. 그래서 부제를 '묵비권'으로 했
을 것이다. 이 시에도 김준현 특유의 비공동적 둘의 세계
라는 시적 방법이 작동하고 있다. 알리바이—묵비권은 상
호 조응하는 개념이 아니다. 알리바이가 무혐의를 적극 증

명하는 것이라면, 묵비권은 소극적 증명이기 때문이다. 그러나 그 두 개의 방법은 서로 연관되어 있다. 모종의 범죄가 일어났다면, 이 시의 시적 주체는 현장 부재를 증명하고 무혐의를 입증하는가? 충분히 증명하지 못한다. 그는 어쨌든 범죄 사건에 연루되어 있으며 용의자이다. 이 시는 시적 주체가 범죄 사건에 연루되어 있음을 모호하게 증명하는 것처럼 보인다. 이 시는 범죄가 일어난 어떤 밤, 시적 주체인 용의자가 산책을 하고 돌아오는 과정을 그리고 있다. 그가 살인을 했는지 안 했는지, 살의가 있었는지 없었는지 아무도 알 수 없지만, 시적 주체는 사건 현장에 가까이에 있었다. 시의 도입부에서 짐작할 수 있듯이 어떤 여자가 실종되었다. 불 켜진 아파트에 잠들지 못한 사람이 있다. 시적 주체는 물에 불은 책, 죽은 사람이 신발에 묶인 신발 끈, 부푼 손을 보거나 상상하며 낙서들이 얼크러진 담벼락을 따라 걷다 돌아왔다. 그리고 긴장을 풀면서 신발 끈을 푼다. 알리바이를 모호하게 제시함으로써 자신이 혐의자임을 고백하는 것처럼 보인다. 그 모호함, 살인에 대한 긍정도 부정도 하지 않는 이 비―인간적 감정이 김준현 시의 핵심 중 하나이다.

김준현의 말놀이는 현실의 일이다. 그의 언어 세계는 초월적이라기보다 현실에 내재되어 있다. "말이 씨가 되면" 씨를 "묻어야 하는" 것처럼, "사람을 묻는 일은 여기서도/ 현실의 일"이라고 말한다.(「현실의 일」) 섬찟한 비―인간적 감각을 극단적으로 드러낸 김준현의 탁월한 시 「나의 알리바이」는 현실의 사건이다. 죽임 또는 살인의 감각은 보편 인간의 세계에 팽팽하게 저항하는 미학적 개성이다. "한 번도 들어 본 적 없는 노래를 듣기 위해 사람을 죽여야 할 때"라는 구절은 냉혹한 범죄의 전거가 아니라, 오래되고 낡은 인간 세계에 대한 반발이며, 그의 감각이 어디를 향해 있는지 가늠하게 한다. 그의 비감하고 무감한 비—인간적 감각은 2010년대 한국시의 지평에서 가장 독특한 포지션 중의 하나이다. 김준현의 시적 방향은 비인간, 반인간, 탈인간에 조준되어 있다. 지구—헵타포드라는 명명법은 거기에 기초해 있다.

이 시집을 읽으며 지구—헵타포드의 인공 관절을 발견한다면, 시인의 재기발랄하고 지적인 언어 놀이를 경험할 수 있을 것이다. 그의 비공동적 '둘'의 세계를 읽어 나가면서 사랑의 문제에 대한 낯선 해답을 얻을 수 있을 것이다. 시집 속에 그려진 탈—인간화된 시적 주체의 세계관을 통해 삶의 재발명을 사유할 수 있을 것이다. 새로운 지구—헵타포드의 낯선 기록의 비의는 거기에 있다. 우리 시에 등장한 새로운 변종 인간의 탄생에 환호를 보낸다.

지은이   김준현

1987년 포항에서 태어났다.
영남대학교 국어국문학과를 졸업했다.
2013년 《서울신문》 신춘문예(시)와
2015년 《창비 어린이》(동시)로 등단했다.

흰 글씨로 쓰는 것

1판 1쇄 찍음 2017년 3월 3일
1판 1쇄 펴냄 2017년 3월 10일

지은이 김준현
발행인 박근섭, 박상준
펴낸곳 (주)민음사

출판등록 1966. 5. 19. (제16-490호)
서울특별시 강남구 도산대로1길 62(신사동)
강남출판문화센터 5층 (06027)
대표전화 515-2000 / 팩시밀리 515-2007
www.minumsa.com

ISBN 978-89-374-0852-6 04810
     978-89-374-0802-1 (세트)

민음의 시

민음의 시
목록